EX LIBRIS

Aus der Bibliothek von:

Die drei !!!

Maja von Vogel

Nacht der Wölfe

Kosmos

Umschlagillustration von Ina Biber, Gilching
Umschlaggestaltung von Friedhelm Steinen-Broo, eSTUDIO CALAMAR

Unser gesamtes lieferbares Programm und viele
weitere Informationen zu unseren Büchern,
Spielen, Experimentierkästen, DVDs, Autoren und
Aktivitäten findest du unter **kosmos.de**

Weitere Bände dieser Reihe siehe S. 145

Gedruckt auf chlorfrei gebleichtem Papier

© 2017, Franckh-Kosmos Verlags-GmbH & Co. KG, Stuttgart
Alle Rechte vorbehalten.
ISBN 978-3-440-15653-7
Redaktion: Natalie Friedrich
Lektorat: Claudia Müller
Produktion: DOPPELPUNKT, Stuttgart
Druck und Bindung: GGP Media GmbH, Pößneck
Printed in Germany / Imprimé en Allemagne

Nacht der Wölfe

Frühlingsgefühle

»Herrlich, so ein Picknick im Wald!« Franzi streckte sich auf der Wolldecke aus. Sie blinzelte in den hellblauen Himmel, über den ein paar flauschige Schäfchenwolken zogen. Für Mitte März hatte die Sonne schon erstaunlich viel Kraft und Franzi genoss die warmen Strahlen auf der Haut. In den Bäumen zwitscherten die Vögel und die Knospen an den Zweigen schienen nur darauf zu warten, endlich ihre Blätter auszurollen und den Wald in helles Grün zu tauchen.

»Finde ich auch.« Kim öffnete den Picknickkorb und drapierte die mitgebrachten Leckereien auf der Decke. Sie hatte Sandwiches mit Gurke, Tomate und Käse gemacht, von Marie kam eine große Schale Obstsalat und Franzi hatte einen Marmorkuchen und eine Dose Schoko-Cookies beigesteuert. Dazu gab es Zitronengras-Tee aus einer Thermoskanne. »Es ist angerichtet, Mädels!«

Franzi setzte sich auf. »Super! Ich hab einen Mordshunger.«

»Und ich erst.« Marie fuhr mit der Zunge über ihre himbeerfarben geschminkten Lippen.

Offiziell begann der Frühling zwar erst in ein paar Tagen, aber die drei !!! hatten beschlossen, das Ende des Winters schon heute mit einer Radtour und einem Picknick im Wald zu feiern. Seit ihren Ermittlungen auf einer Computermesse im Dezember hatte ihr Detektivclub keinen Fall mehr gehabt, weshalb sie gerade jede Menge Zeit für die schönen Dinge des Lebens hatten.

»Ich freu mich schon total auf den Frühling.« Franzi griff

nach einem Sandwich. »Endlich wieder jeden Tag draußen sein, joggen, Rad fahren, skaten und regelmäßig auf Tinka ausreiten.«

Franzi liebte ihr Pony Tinka mindestens genauso wie Sport und Bewegung. Eine mehrwöchige Kältewelle im Februar hatte die Stadt in Eis und Schnee erstarren lassen und die Menschen an ihre Häuser gefesselt. Erst Anfang März war es wieder wärmer geworden, doch das Tauwetter hatte die Landschaft zunächst in eine große Schlammwüste verwandelt. Vor ein paar Tagen war endlich die Sonne aus ihrem Winterschlaf erwacht, hatte Wege, Wald und Wiesen getrocknet und Franzis Lebensgeister geweckt. Die Radtour heute war genau das Richtige gewesen, um sich mal wieder ordentlich auszupowern. Trotzdem brodelte in ihr noch so viel überschüssige Energie, dass sie das Gefühl hatte, die ganze Welt aus den Angeln heben zu können.

»Der Marmorkuchen schmeckt super!«, schwärmte Kim. »Von deiner Mutter?«

Franzi nickte. »Sie probiert gerade klassische Kuchenrezepte aus: Bienenstich, Streuselkuchen, Gugelhupf, Käsekuchen … Damit will sie morgen in die neue Café-Saison starten.«

»Kommt bestimmt gut an«, nuschelte Kim mit vollem Mund. Frau Winkler betrieb nicht nur einen erfolgreichen Backservice, sondern auch ein kleines Hofcafé im alten Gewächshaus ganz hinten im Obstgarten der Familie Winkler. Dort bot sie im Frühling und Sommer Kaffee und hausgemachten Kuchen in gemütlicher Atmosphäre an. Das Café hatte nur an Sonntagen geöffnet und war ein echter Geheimtipp.

Marie seufzte. »Du hast es gut! Ich wünschte, Oma Agnes

würde uns auch mal mit einem leckeren Kuchen überraschen. Bei ihr gibt es immer nur diese eklige Buchweizengrütze, Algen, Topinambur, gelbe Linsen oder anderes total gesundes Zeug.«

»Ist sie schon wieder bei euch zu Besuch?«, fragte Franzi überrascht. Sie erinnerte sich nur sehr ungern an die zuckerfreien Plätzchen ohne Mehl, Backpulver und Ei, die Oma Agnes bei ihrem letzten Besuch in der Adventszeit gebacken hatte. Sie waren absolut ungenießbar gewesen.

Marie nickte. »Ich hab das Gefühl, inzwischen verbringt sie mehr Zeit bei uns als bei sich zu Hause. Letzte Woche ist sie mit zwei riesigen Koffern und einer Reisetasche angerückt. Sie hatte so viel Gepäck dabei, als wollte sie bei uns einziehen. Angeblich will sie Tessa mit Finn helfen, aber das nehme ich ihr nicht ab.«

»Wieso? Vielleicht will sie ja wirklich möglichst viel Zeit mit ihrem jüngsten Enkel verbringen«, sagte Kim.

Oma Agnes war die Mutter von Tessa, Maries Stiefmutter. Über Weihnachten hatte sie mehrere Wochen bei Maries Familie verbracht und war allen ziemlich auf die Nerven gegangen. Vor allem ihr Gesundheitstick war echt anstrengend. Sie war gegen Handys und Computer, weil der Elektrosmog gefährlich sein konnte, erlaubte keine Süßigkeiten und kochte nur extrem gesunde Gerichte, die leider meistens nicht schmeckten. Außerdem war sie der Meinung, Kinder bräuchten klare Regeln und müssten grundsätzlich spätestens um neunzehn Uhr im Bett liegen. Was für ein Horror!

Nur Helmut Grevenbroich, Maries Vater, verstand sich blendend mit seiner Schwiegermutter. Er war allerdings auch meistens nicht zu Hause, denn als bekannter und gefragter Schauspieler reiste er von einem Filmdreh zum nächsten.

Marie wickelte sich nachdenklich eine blonde Haarsträhne um den Finger. »Ich hab irgendwie so ein merkwürdiges Gefühl. Da stimmt was nicht! Tessa hat Oma Agnes mehrmals deutlich zu verstehen gegeben, dass Finn bestens versorgt ist und sie ruhig nach Hause fahren kann, aber auf dem Ohr ist sie taub.«

Maries kleiner Bruder Finn war drei Jahre alt und ging in den Waldkindergarten. Er war ein süßes Kerlchen und Marie liebte ihn über alles. Die Gefühle für ihre zwölfjährige Stiefschwester Lina, Tessas Tochter, waren nicht ganz so euphorisch. Aber inzwischen kamen Marie und Lina meistens gut miteinander klar. Die Patchworkfamilie bewohnte eine große, alte Villa im Ostviertel, in der genug Platz für alle war und man sich auch mal aus dem Weg gehen konnte.

Kim machte ein nachdenkliches Gesicht. »Ich hab euch doch von dem Telefonat erzählt, das ich bei Oma Agnes' letztem Besuch zufällig mitangehört habe.«

»Du meinst, als sie sich mit jemandem gestritten hat?«, fragte Franzi.

Kim nickte. »Das kam mir damals schon seltsam vor. Es klang, als hätte sie ziemlichen Stress.«

»Aber mit wem?« Marie holte drei Becher aus dem Korb und schenkte sich und ihren Freundinnen nach Zitrone duftenden Kräutertee ein.

Kim zuckte mit den Schultern. »Keine Ahnung. Möglicherweise ist sie jemandem auf die Füße getreten und deshalb zu euch geflüchtet.«

»Meinst du?« Marie runzelte die Stirn. »Ich werde Oma Agnes im Auge behalten, vielleicht finde ich ja etwas heraus. Dabei wollte ich eigentlich möglichst wenig zu Hause sein, solange sie da ist.« Sie warf einen Blick auf die Uhr. »Nachher bin ich noch mit Holger zum Joggen verabredet. Seit das Wetter besser ist, drehen wir wieder jeden Abend unsere Runde.«

»Wie läuft es denn gerade zwischen euch?«, erkundigte sich Kim. »Alles gut?«

»Ja, eigentlich schon.« Marie zögerte.

»Aber?«, hakte Kim nach.

Marie biss sich auf die Lippe. »Ach, nichts. Vergiss es.«

Holger und Marie waren nach einer längeren Beziehungspause seit einer Weile wieder ein Paar. Nach außen hin wirkten sie glücklich, aber Franzi kam es manchmal so vor, als ob die Trennung einen Sprung in Maries Herz hinterlassen hätte, der nicht so leicht zu kitten war. Meistens wollte Marie allerdings nicht darüber reden, was ihre Freundinnen natürlich respektierten.

»Blake und ich gehen heute Abend ins Kino«, erzählte Franzi. Sie freute sich wahnsinnig auf den Abend mit Blake! In letzter Zeit hatten sie sich nicht so oft gesehen wie sonst, weil Franzi viel für die Schule tun musste und Blake sich auf einen Chairskating-Wettkampf vorbereitete, der im April stattfinden sollte. Er saß seit einem Reitunfall vor einigen Jahren im Rollstuhl, was seiner Sport-Begeisterung jedoch keinen Abbruch getan hatte. Er war ein sehr guter Schwimmer, spielte Basketball, machte Karate und war leidenschaftlicher Chairskater. Das Skaten im Rollstuhl machte ihm unheimlich viel Spaß und mittlerweile schaffte er in seinem Sport-Rollstuhl gewagtere Sprünge als Franzi auf ihren Inlinern.

Franzi biss gerade von ihrem Sandwich ab, als sie zwischen den Bäumen eine Bewegung wahrnahm. »Schaut mal, ich glaube, da kommt jemand.«

»Wo?« Kim stopfte sich das letzte Stück Marmorkuchen in den Mund und reckte den Hals.

Im selben Moment erschien ein Radfahrer auf dem Waldweg, der direkt an der Wiese vorbeiführte, auf der die Mädchen saßen. Der Mann beugte sich über den Lenker und trat kräftig in die Pedale. Zwischendurch blickte er sich immer wieder um, als würde er nach einem unsichtbaren Verfolger Ausschau halten. Neben dem Rad rannte ein großer Hund her und zog heftig an seiner Leine.

»Die haben es aber eilig«, stellte Marie fest.

Der Mann entdeckte die Mädchen auf der Wiese. »Lauft weg!«, brüllte er. »Schnell!«

Franzi runzelte die Stirn. »Was ist denn mit dem los?«

»Sieht fast so aus, als wäre er auf der Flucht«, sagte Kim.

Der Radfahrer bremste neben der Wiese. Er war leichenblass. »Ihr müsst hier weg!«, keuchte er. »Sofort!« Der Hund hatte den Schwanz eingezogen und tänzelte nervös neben dem Fahrrad hin und her. Er schien mindestens genauso verschreckt zu sein wie sein Herrchen.

Franzis Kopfhaut begann zu kribbeln. Als Detektivin hatte sie ein gutes Gespür für andere Menschen. Dieser Mann hatte nicht nur Angst, sondern echte Panik. Aber warum?

»Was ist denn los?«, fragte Kim.

Wieder warf der Mann einen schnellen Blick über die Schulter. Seine Augen flackerten unruhig und sein Atem ging stoßweise. »Ein Wolf!«, stieß er hervor. »Dahinten war ein Wolf!« Er zeigte in die Richtung, aus der er gekommen war.

Kim sprang auf. »Was?«

Auch Marie war blass geworden. »Das ist ein Scherz, oder?« Der Radfahrer schüttelte den Kopf. »Ich hab ihn mit eigenen Augen gesehen. Er ist plötzlich aus dem Unterholz aufgetaucht und hat Arco und mich verfolgt. Sitz, Arco!« Der Hund gehorchte winselnd. »Arco ist fast durchgedreht vor Angst.«

Kim zog die Schultern hoch. »Lasst uns lieber von hier verschwinden.«

»Moment, nicht so schnell.« Franzi blieb ganz ruhig. Sie wandte sich an den Mann. »Sind Sie sicher, dass es ein Wolf war? Könnte es nicht auch ein Fuchs oder ein großer Hund gewesen sein?«

»Nein! Es war ein Wolf, eindeutig«, beharrte der Radfahrer.

»Das kann doch nicht sein, oder?«, fragte Marie. »Ich dachte, Wölfe sind in Deutschland ausgestorben.«

»Das waren sie auch«, sagte Franzi. »Aber seit einigen Jahren wandern sie wieder ein. Bisher allerdings nicht hier bei uns, sondern hauptsächlich in Ostdeutschland, soviel ich weiß.«

Franzi liebte Tiere, ganz egal, ob es sich um ihr Pony Tinka, ihr hinkendes Huhn Polly oder eine Weinbergschnecke im Gemüsegarten ihrer Eltern handelte. Ihr Vater war Tierarzt und sie durfte ihm manchmal in der Praxis helfen. Dabei hatte sie viel über das Verhalten von verschiedenen Tierarten gelernt.

»Das ist mir nicht geheuer«, murmelte Kim.

Plötzlich knackte es direkt neben der Wiese im Unterholz. Arco begann zu bellen und Kim stieß einen spitzen Schrei aus. Maries Finger bohrten sich in Franzis Unterarm und Franzis Herzschlag setzte einen Moment aus.

Versteckte sich zwischen den Büschen etwa ein Wolf?

Schwesterherz

Arco zerrte an der Leine und bellte immer lauter. Franzi starrte gebannt in den Wald. Eine Amsel flatterte aus einem Gebüsch und flog schimpfend davon. Franzi entspannte sich wieder. Einen Augenblick hatte sie tatsächlich geglaubt, ein Paar gelbe Augen im Unterholz aufleuchten zu sehen.

»Es war nur ein Vogel!« Kim seufzte erleichtert. »Verdammt, hab ich einen Schreck bekommen.«

»Wer hat Angst vorm bösen Wolf?« Marie kicherte nervös. »Das ist ja fast wie bei *Rotkäppchen*!«

Franzi grinste. »Stimmt, und den Korb mit Kuchen haben wir auch dabei.« Sie zeigte auf den Picknickkorb.

»Fehlt nur noch die Flasche Wein«, sagte Kim. »Und die Großmutter.«

»Die sitzt bei mir zu Hause und kocht wahrscheinlich gerade unglaublich gesunde Buchweizengrütze.« Marie verzog das Gesicht.

»Ich muss weiter«, sagte der Radfahrer. Er schien sich wieder etwas beruhigt zu haben. Auch Arco hatte aufgehört zu bellen und wedelte mit dem Schwanz.

»Machen Sie sich keine Sorgen«, sagte Franzi. »Das war bestimmt ein Fuchs.«

Der Mann schüttelte den Kopf. »Ich weiß, was ich gesehen habe. An eurer Stelle würde ich lieber woanders picknicken.« Er verabschiedete sich und fuhr los.

»Ich muss auch nach Hause«, stellte Marie fest. »Sonst komme ich zu spät zu meiner Jogging-Runde mit Holger.«

Die drei !!! packten ihre Sachen zusammen. Die Sonne war hinter den Bäumen verschwunden und es wurde kühl.

Franzi holte ihre Jacke aus dem Fahrradkorb und schlüpfte hinein. Als sie wenig später hinter Marie und Kim über den Waldweg radelte, ertappte sie sich dabei, wie sie sich mehrmals umsah. Sie wurde das Gefühl nicht los, beobachtet zu werden. Aber zwischen den Bäumen regte sich nichts. Nur ein Eichhörnchen flitzte am Stamm einer Birke hinauf und wieder hinunter.

Kein Wolf weit und breit.

Natürlich nicht! In diesem Wald gab es keine Wölfe.

Oder?

»Wasch dir bitte die Hände, wir können gleich essen. Ich muss nur schnell den Gugelhupf aus dem Ofen holen.« Frau Winkler verschwand in ihrer Backstube, die gleich neben der Küche lag. Den herrlichen Duft nach frisch gebackenem Kuchen nahm Franzi kaum noch wahr, denn er war für sie so normal wie der Geruch nach Pferdeäpfeln in Tinkas Stall.

»Das ist doch mal wieder typisch!« Franzis Schwester Chrissie pfefferte die Butterdose auf den Holztisch. »Ich muss die ganze Arbeit machen und Madame setzt sich einfach an den gedeckten Tisch!«

»Was ist denn mit dir los?« Franzi ging zum Waschbecken, hielt die Hände unter den warmen Wasserstrahl und seifte sie gründlich ein. Chrissie war drei Jahre älter als sie und benahm sich manchmal ziemlich unausstehlich.

»Ich ärgere mich, weil du dich ständig vor der Hausarbeit drückst!«

»Ich hab heute Mittag die Spülmaschine ausgeräumt«, erinnerte Franzi sie. »Und gestern Wäsche aufgehängt.«

Chrissie schnaubte empört. »Na toll! Dafür erwartest du jetzt wahrscheinlich auch noch den Orden für fleißige Haushaltshelferinnen, oder was?«

Franzi verdrehte die Augen und trocknete sich die Hände ab. Mit Chrissie war heute offenbar nicht zu reden. Wenn ihre Schwester in so einer Stimmung war, ging man am besten gar nicht auf ihre Sticheleien ein.

»Guten Abend allerseits!« Herr Winkler betrat die Küche und lächelte seinen Töchtern zu. »Endlich Wochenende! Wie war euer Tag?«

»Geht so«, brummte Chrissie. Sie stellte den Brotkorb auf den Tisch und ließ sich auf ihren Platz fallen.

Herr Winkler füllte die Glaskaraffe mit Leitungswasser und schenkte sich und seinen Töchtern ein. »Hast du schon alles für deinen Zeltausflug morgen gepackt?«

»Nein.« Chrissie starrte missmutig in ihr Wasserglas. »Der Ausflug fällt aus. Sandra und Leonie sind krank geworden. Magen-Darm-Grippe. Der blöde Virus geht gerade bei uns in der Klasse rum.«

Deswegen war Chrissie also so mies drauf! Jetzt tat sie Franzi fast ein bisschen leid. Sie hatte sich seit Wochen auf das Zelt-Wochenende mit ihren Freundinnen gefreut. Kein Wunder, dass sie schlechte Laune hatte.

»Wie blöd!«, sagte Franzi. »Aber ihr könnt den Ausflug doch bestimmt nachholen, oder?« Sie nahm sich eine Scheibe Brot und reichte den Korb an ihren Vater weiter.

Chrissie zuckte mit den Schultern. »Ja, vielleicht.«

Frau Winkler kam aus der Backstube. Ihre Haare waren genauso rot wie Franzis, nur etwas dunkler. Sie hatte sie zu einem losen Knoten aufgesteckt, aus dem sich ein paar Strähnen gelöst hatten. Als sie sich die Haare aus dem Gesicht strich, hinterließen ihre Finger eine Mehlspur auf ihrer Wange. Rasch zog sie sich die Schürze über den Kopf und setzte sich an den Tisch.

»Entschuldigt, ich musste mich noch um den Gugelhupf kümmern.« Sie trank einen Schluck Wasser. »Nachher backe ich den letzten Blechkuchen, dann müsste es für morgen reichen.«

Herr Winkler runzelte die Stirn. »Ich dachte, wir machen uns heute einen gemütlichen Abend zu zweit.«

»Daraus wird leider nichts«, sagte seine Frau. »Wenn ich das Café am Wochenende nach der Winterpause wiedereröffnen will, muss ich noch einiges vorbereiten. Ich weiß gar nicht, wo mir der Kopf steht! Dummerweise hat die neue Aushilfe kurzfristig abgesagt. Das arme Mädchen hat Magen-Darm-Grippe. Kann vielleicht jemand von euch einspringen?«

Chrissie schüttelte heftig den Kopf. »Auf keinen Fall! Ich brauche am Wochenende unbedingt Erholung, sonst stehe ich die nächste Schulwoche nicht durch. Außerdem bin ich ja eigentlich gar nicht da.«

»Ich kann das Kellnern übernehmen«, bot Franzi an und schmierte Butter auf ihr Brot. Normalerweise hatte sie nichts dagegen, im Café auszuhelfen, zumindest solange es nur ab und zu vorkam. Sie mochte die entspannte Stimmung und unterhielt sich gerne mit den Gästen.

»Prima, danke!« Ihre Mutter lächelte ihr zu.

»Eigentlich fand ich es ganz entspannt, dass wir im Winter die Wochenenden für uns hatten.« Herr Winkler belegte sein Brot mit Käse und Gurkenscheiben.

»Ich auch! Jetzt trampeln wieder haufenweise fremde Leute durch unseren Garten und man hat keine ruhige Minute«, maulte Chrissie. »Wie soll man sich denn da ausruhen?«

Frau Winkler seufzte. »Natürlich hat es nicht nur Vorteile, ein Café auf dem eigenen Grundstück zu betreiben. Und etwas mehr Freizeit fände ich auch schön. Aber ich brauche nun mal die Sonntagsausflügler, damit das Café genug abwirft.«

»Kannst du nicht nur noch jedes zweite Wochenende öffnen?«, fragte Franzi. »Oder einmal im Monat?«

Frau Winkler nickte langsam. »Das wäre eine Möglichkeit. Ich werde darüber nachdenken. Wie war denn euer Picknick? Hat euch der Marmorkuchen geschmeckt?«

»Und wie! Kim war total begeistert.« Franzi strich Frischkäse auf ihr Brot und biss hinein. Sie musste an die Begegnung mit dem Radfahrer denken. Die Geschichte mit dem Wolf ließ ihr einfach keine Ruhe. Sie schluckte den Bissen hinunter. »Sag mal, Papa, gibt es eigentlich Wölfe hier in der Gegend?«

Chrissie schnaubte verächtlich. »Spinnst du? Wölfe sind längst ausgestorben.«

»Das stimmt nicht ganz«, korrigierte Herr Winkler seine Tochter. »Sie *waren* ausgestorben.«

»Die Wölfe kommen zurück, oder?«, fragte Franzi.

Ihr Vater nickte. »Ich habe kürzlich einen interessanten Artikel darüber gelesen. Wölfe waren hierzulande tatsächlich fast hundertfünfzig Jahre lang nahezu ausgerottet. Sie wurden im 18. und 19. Jahrhundert intensiv bejagt. Der vermutlich letzte Wolf in Deutschland wurde 1904 in Sachsen erschossen. Doch seit ein paar Jahren kehren die Wölfe in ihre alte Heimat zurück und siedeln sich in verschiedenen Gegenden an. In Ostdeutschland leben inzwischen wieder zahlreiche Wolfsrudel, meistens auf Truppenübungsplätzen.«

»Warum gerade dort?«, fragte Franzi.

»Weil sie da ideale Lebensbedingungen haben. Viel Platz, keine Besiedelung durch den Menschen, nur wenige Straßen und jede Menge Wild zum Jagen.«

Franzi stellte sich ein Rudel Wölfe vor, das durch einen Kiefernwald streifte. Sie seufzte sehnsüchtig. »Ich würde auch gerne mal einen Wolf in freier Natur sehen.«

Herr Winkler lachte. »Das wird schwierig. Wölfe sind sehr scheue Tiere, deshalb sind Begegnungen zwischen Mensch und Wolf extrem selten. Aber um auf deine ursprüngliche Frage zurückzukommen: Früher oder später werden auch bei uns Wölfe auftauchen, da sind sich die Experten einig.«

»Ist nicht kürzlich schon ein Tier in der Region gesehen worden?«, bemerkte Frau Winkler. »Ich dachte, ich hätte so was in der Zeitung gelesen.«

»Krass!« Chrissie schenkte sich Wasser nach. »Dann gehe ich lieber nicht mehr im Wald joggen.«

»Keine Sorge«, beruhigte Herr Winkler seine Tochter. »Im Zweifelsfall ergreifen Wölfe lieber die Flucht vor Menschen. Sie haben mehr Angst vor dir als du vor ihnen.«

Franzi grinste. »Gib's zu, du suchst nur nach einer guten Ausrede, um dich vorm Joggen zu drücken.«

Chrissie streckte ihr die Zunge heraus. Im Gegensatz zu Franzi war sie tatsächlich alles andere als sportbegeistert. Sie hing lieber in ihrem Zimmer herum und telefonierte stundenlang mit ihren Freundinnen.

Franzi dachte an den panischen Radfahrer. Ob er wirklich einen Wolf im Wald gesehen hatte? Plötzlich erschien ihr das gar nicht mehr so unwahrscheinlich.

Nach dem Abendessen ging Franzi in ihr Zimmer, um sich für den Kinoabend mit Blake umzuziehen. Sie schlüpfte aus den von der Radtour verschwitzten Klamotten und warf sie neben ihr Bett auf den Boden, wo schon ein unordentlicher Haufen Schmutzwäsche darauf wartete, in die Waschmaschine gesteckt zu werden. Frau Winkler betrat das Zimmer ihrer Tochter nur noch in Ausnahmefällen, weil sie sich jedes Mal so über die Unordnung aufregte. Aber Franzi mochte ihr Chaos.

Unentschlossen stand sie vor dem Schrank und überlegte, was sie anziehen sollte. Eigentlich machte sie sich ja nicht viel aus Klamotten – ganz im Gegensatz zu Marie, der unangefochtenen Styling-Queen des Detektivclubs. Marie ging nie ungeschminkt aus dem Haus und konnte Stunden damit verbringen, sich für eine Verabredung mit Holger schön zu machen. Dafür fehlte Franzi einfach die Geduld.

Auch jetzt entschied sie sich nach kurzem Zögern für die einfachste Lösung: eine Jeans, ein geringeltes Langarmshirt und ihre grüne Lieblings-Kapuzenjacke, deren Farbe so gut zu ihren Augen passte. Sie löste die beiden Zopfgummis und schüttelte ihre roten Haare aus. Fertig!

Als sie gerade das Zimmer verlassen wollte, klingelte ihr Handy. Blake!

»Hallo, was gibt's?«, fragte Franzi. »Ich wollte gerade los.«

»Sorry, ich muss leider absagen.«

»Was?«

»Ich bin krank.«

»Verdammt! Ich hatte mich so auf den Abend gefreut.«

»Ich auch, glaub mir. Aber es geht wirklich nicht. Mir ist total schlecht.« Blake klang ungewöhnlich matt.

»Jetzt sag nicht, du hast auch diesen blöden Magen-Darm-Virus.«

»Sieht ganz so aus. Wahrscheinlich hab ich mich bei einem Kumpel angesteckt, der letzte Woche krank war.«

Franzi versuchte, ihre Enttäuschung hinunterzuschlucken. »Du Armer! Hoffentlich bist du bald wieder fit.«

»Bestimmt. Und dann holen wir unseren Kinoabend nach, okay?«

»Klar. Gute Besserung!«

Franzi beendete das Gespräch und warf das Handy auf ihr Bett. So was Blödes! Was sollte sie jetzt mit dem Abend anfangen? Es war zu spät, um sich mit jemand anderem zu verabreden, und zu früh, um ins Bett zu gehen.

Da klopfte es an der Tür und Chrissie steckte den Kopf herein. »Hallo, Schwesterherz!« Sie lächelte zaghaft. »Leihst du mir deinen MP3-Player? Meiner ist kaputt und mir ist so furchtbar langweilig.« Chrissies Stimmungsschwankungen waren legendär. Offenbar hatte sie ihre schlechte Laune für heute überwunden und wollte gut Wetter machen.

Franzi schüttelte den Kopf. »Vergiss den MP3-Player! Wie

wär's mit einer Runde Monopoly? Das haben wir ewig nicht mehr gespielt.«

»Spitzenidee!« Chrissies Miene hellte sich auf. »Ich werde dir den letzten Cent aus der Tasche ziehen.«

»Das werden wir ja sehen.« Franzi holte das Spiel aus dem Schrank und lächelte in sich hinein. Stimmungsschwankungen hin oder her, manchmal war es gar nicht so schlecht, eine Schwester zu haben.

Der Abend war gerettet!

Wolfsalarm

Detektivtagebuch von Kim Jülich
Samstag, 15:12 Uhr
Leider hat unser Detektivclub immer noch keinen neuen Fall.
Die drei !!! sind vorübergehend arbeitslos ☹. Aber gestern, als
Marie, Franzi und ich ein Frühlingspicknick im Wald gemacht
haben, ist etwas Seltsames passiert. Ein Radfahrer hat behaup-
tet, einen Wolf gesehen zu haben! Angeblich hat das Tier ihn
und seinen Hund sogar verfolgt. Verrückt, oder?
Erst dachte ich, der Typ spinnt, aber irgendwie hat mich die
Sache nicht losgelassen. Deshalb hab ich gerade ein bisschen im
Internet recherchiert. Dieses Wolfsthema ist echt spannend!
Nachdem die Wölfe bei uns lange ausgerottet waren, leben in-
zwischen wieder über vierzig Rudel in Deutschland. Auch hier
in der Gegend wurden in letzter Zeit Wölfe gesichtet. Ob es sich
um ein und dasselbe Tier oder ein ganzes Rudel handelt, weiß
man noch nicht. Es kann also tatsächlich sein, dass der Mann
im Wald einen Wolf gesehen hat. Allerdings verfolgen Wölfe
normalerweise keine Menschen. Im Gegenteil, sie gehen uns aus
dem Weg, weil sie Angst vor Menschen haben. Vielleicht hat der
Mann in seiner Panik ja etwas übertrieben?
Jedenfalls sind die Meinungen zur Rückkehr der Wölfe gespal-
ten. Naturschützer und Wolfsfreunde freuen sich, Schäfer, Bau-
ern und Jäger sind weniger begeistert. Viele Menschen haben
auch einfach Angst vor den Wölfen, was ich gut verstehen kann.
Ich glaube, ich würde einen Herzinfarkt kriegen, wenn mir
plötzlich ein leibhaftiger Wolf gegenüberstehen würde!

Finger weg! Wer sich an meinem geheimen Tagebuch vergreift, bekommt Besuch vom bösen Wolf – und mit dem ist garantiert nicht gut Kuchen essen!

Das Leben ist schön! Draußen scheint die Sonne, im Garten sprießen die ersten Krokusse, Osterglocken und Tulpen und ich fühle mich so frei wie der Frühling. Endlich kein Liebeskummer mehr!

Inzwischen frage ich mich, wie ich mich so sehr in die Sache mit Sebastian hineinsteigern konnte. Okay, er ist ein toller Journalist, sein Reportage-Workshop ist total spannend und er schreibt in seiner Freizeit Kriminalromane – genau wie ich! Außerdem ist er witzig, sieht gut aus, kann prima zuhören … aber er ist einfach VIEL ZU ALT für mich! Er lebt ein völlig anderes Leben, das (abgesehen vom Schreiben) keine Berührungspunkte mit meinem hat. Als mir das klar geworden ist, war ich erst mal so richtig fertig. Liebeskummer ist einfach die Hölle! Immerhin war es dieses Mal nicht so schlimm wie nach der Trennung von Michi.

Aber jetzt beginnt der Frühling und damit eine neue Phase in meinem Leben. Ab sofort bin ich glücklicher Single! Ich werde mich auf den Detektivclub konzentrieren (sobald wir einen neuen Fall haben) und ganz viel schreiben. Demnächst startet der zweite Teil von Sebastians Workshop und ich brauche unbedingt noch ein gutes Reportage-Thema. Vielleicht könnte ich ja was über Wölfe schreiben?

Übrigens hab ich mich in letzter Zeit ein paar Mal mit David getroffen. Das ist der Typ aus dem Workshop, dem ich geholfen *habe, als sein Computer abgestürzt ist. Erst fand ich ihn ja etwas nervig, aber eigentlich ist er ganz nett. Er hat mich als Dank für meine Hilfe zum Eisessen eingeladen und wir haben uns super unterhalten. Neulich hat er mir ein paar coole Bücher geliehen (er ist großer Science-Fiction-Fan) und ich hab ihm dafür meine besten Krimis mitgebracht. Am Wochenende hat er mich zu einem DVD-Abend mit seinen Lieblings-Scifi-Filmen eingeladen. Ich bin schon sehr gespannt!*

»Wir müssen mit der Clubsitzung leider etwas später anfangen.« Marie zog die Tür der alten Villa hinter sich zu und lief die Stufen der Eingangstreppe hinunter.

»Was ist denn los?« Franzi schloss gerade ihr Fahrrad ab, während Kim schon vor der Tür stand. Eigentlich waren sie heute Nachmittag bei Marie zu ihrem wöchentlichen Detektivclub-Treffen verabredet.

»Ich muss Finn vom Kindergarten abholen.« Marie drapierte den bunt gemusterten Loop-Schal über ihrer kurzen Jeansjacke. Darunter trug sie ein hellgrünes Wollkleid und Stiefel mit ziemlich hohen Absätzen. »Papa und Tessa haben einen Außendreh für die *Vorstadtwache*, der länger dauert als geplant, und Oma Agnes ist beim Friseur.«

Die Rolle des Kommissars Brockmeier in der beliebten Vorabendserie war vor vielen Jahren Helmut Grevenbroichs Durchbruch als Schauspieler gewesen. Die Serie lief immer noch und war erfolgreicher denn je. Tessa arbeitete als Kamerafrau auch oft am Set der *Vorstadtwache*. Nebenbei entwarf sie ihre eigene T-Shirt-Kollektion aus fair gehandelter Bio-Baumwolle.

»Kein Problem.« Kim grinste. »Wir kommen mit.«

Die drei !!! überquerten den mit weißem Kies bestreuten Vorplatz der Villa und bogen auf den Bürgersteig ab. Der Waldkindergarten, den Finn besuchte, war nicht weit von Maries Zuhause entfernt. Er lag in dem ausgedehnten Waldgebiet, das direkt an das Ostviertel grenzte. Franzi und Kim kannten den Weg, weil sie bei der Adventsfeier der *Mini-Füchse* dabei gewesen waren.

Der sandige Parkplatz am Waldrand war voller Autos. Zu den *Mini-Füchsen* gehörten Kinder aus der ganzen Stadt, die jetzt am frühen Nachmittag von ihren Eltern abgeholt wurden. Die drei !!! gingen den gewundenen Pfad entlang, der an einer Lichtung vorbei zum Kindergartengelände führte. Zwischen den größtenteils noch kahlen Bäumen leuchtete der himmelblaue Bauwagen, in dem die Kinder bei Sturm oder Gewitter Zuflucht suchen konnten. Ansonsten waren sie bei jedem Wetter draußen.

»Dahinten sind sie!« Marie zeigte auf ein paar dicke Baumstämme, die hinter dem Bauwagen auf einer Wiese lagen. Die Kinder balancierten darauf herum, während die Eltern danebenstanden und sich unterhielten.

»Die Frau mit den kurzen blonden Haaren ist doch die Erzieherin, oder?«, fragte Kim.

Marie nickte. »Das ist Elli. Finn liebt sie heiß und innig.« Sie winkte ihrem Bruder zu. »Hallo, Finn!«

»Mahie!« Finn sprang vom Baumstamm, rannte auf seine große Schwester zu und umarmte sie stürmisch. Er konnte zwar schon gut sprechen, aber das »r« bereitete ihm manchmal noch Probleme. Wie die anderen Kinder trug er eine wasserdichte Kombi aus Matschhose, warmer Jacke und Gummistiefeln. Die Stiefel waren völlig verdreckt, Hose und Jacke voller Schlammspritzer. Seine Wangen waren gerötet und seine Augen blitzten fröhlich.

»Tessa und Papa müssen heute länger arbeiten, darum holen wir dich ab«, erklärte Marie. »Freust du dich?«

Finn nickte heftig. »Jaaaa! Kommt mit!« Er zog Marie zu den Baumstämmen.

Kim grinste. »Mal sehen, wie gut Marie mit ihren hochhackigen Stiefeln balancieren kann.«

Franzi lachte und zog den Reißverschluss ihrer Fleecejacke hoch. Zwischen den Bäumen kamen die Sonnenstrahlen kaum durch und es war kühler als in der Stadt. Sie hörte mit halbem Ohr den Unterhaltungen der Eltern zu, doch plötzlich horchte sie auf.

»Wölfe haben hier nichts zu suchen!«, schimpfte eine Mutter. »Sie sind eine Gefahr für unsere Kinder.«

»Also, wenn sich hier im Wald wirklich ein Wolf herumtreibt, behalte ich Karl lieber zu Hause«, sagte eine andere Frau. »Das Risiko ist mir zu groß!«

Die Erzieherin versuchte zu beschwichtigen. »Ich glaube nicht, dass es für die Kinder gefährlich ist. Wir sollten ruhig bleiben und nicht in Panik geraten. Vielleicht ist an der Sache ja auch gar nichts dran.«

»Worum geht es denn?«, mischte sich Franzi ein.

»Angeblich hat eine Nachbarin einen Wolf gesehen, der sich in der Nähe des Waldkindergartens herumgetrieben hat«, erklärte Elli. »Das löst natürlich Ängste aus.«

»Vielleicht wäre es besser, den Kindergarten vorübergehend

zu schließen«, sagte ein Vater. »Bis die Angelegenheit geklärt ist.«

»Das halte ich wirklich für übertrieben«, erwiderte ein junger Mann, der Jeans und schlammverkrustete Gummistiefel trug. Er war offensichtlich Ellis Kollege. »Wir haben bereits das Forstamt und die Stadtverwaltung informiert, dort wird der Sache nachgegangen.«

»Was heißt das denn genau?«, fragte ein anderer Vater.

Elli und ihr Kollege zuckten etwas hilflos mit den Schultern. »Mehr wissen wir leider auch nicht. Aber wir halten euch natürlich auf dem Laufenden.«

Die Eltern riefen nach ihren Kindern und die Gruppe löste sich langsam auf. Marie und Finn waren währenddessen über alle Baumstämme balanciert, was mit Maries Stiefeln erstaunlich gut geklappt hatte. Hand in Hand kamen sie auf Franzi und Kim zu.

»Bis morgen, Finn!«, rief Elli.

Finn winkte der Erzieherin zum Abschied. »Tschüss, Elli!«

»Hast du das gerade mitbekommen, Marie?«, fragte Franzi, während sie am Bauwagen vorbei zum Waldweg gingen. »Hier soll ganz in der Nähe ein Wolf gesehen worden sein.«

»Ehrlich?« Marie schüttelte ungläubig den Kopf. »Das gibt's nicht!«

»Doch!« Finn hüpfte an ihrer Hand auf und ab. »Im Wald ist ein böser Wolf! Wie bei *Rotkäppchen*, bloß in echt.«

»Böse Wölfe gibt es nur im Märchen«, beruhigte ihn Marie.

Finn machte ein enttäuschtes Gesicht, aber im nächsten Augenblick strahlte er wieder. »Das sag ich Oma Agnes! Dann muss sie keine Angst haben.«

»Lieb von dir.« Marie lächelte. Etwas leiser setzte sie hinzu: »Aber ehe der Wolf Oma Agnes frisst, würde sie wahrscheinlich einen Vegetarier aus ihm machen, der sich ausschließlich von ungespritzten Wald- und Wiesenpflanzen ohne Zuckerzusatz ernährt.«

Kim kicherte und Franzi biss sich auf die Unterlippe, um nicht loszuprusten.

»Was ist ein Wegetaler?«, fragte Finn.

»Ein Vegetarier ist jemand, der kein Fleisch isst.«

Diese Erklärung schien Finn zu genügen. Er plapperte auf dem ganzen Rückweg munter vor sich hin und erzählte von wilden Wölfen, Matschpfützen und Hütten im Wald. Franzi fragte sich, wo er nach einem ganzen Tag an der frischen Luft noch so viel Energie hernahm.

Als die Villa in Sicht kam, ließ er Maries Hand los und rannte über den Vorplatz zur Haustür. »Erster!«, rief er stolz.

»Du bist und bleibst eben der schnellste Flitzer weit und breit.« Marie schloss die Tür auf und fuhr Finn durch seine wuscheligen Haare.

»Himmel, wie seht ihr denn aus?« Oma Agnes kam durch die Eingangshalle auf sie zu und schlug die Hände über ihrem frisch frisierten Kopf zusammen, als sie Finns dreckige Gummistiefel und die schlammige Matschhose erblickte. Maries Stiefel sahen auch nicht viel besser aus. »Raus aus den schmutzigen Sachen! Sofort!« Sie öffnete die Schnallen von Finns Matschhose und half ihm beim Ausziehen.

»Weißt du was?«, fragte Finn. »Im Wald sind Wölfe! Aber sie futtern keine Omas, weil sie Wegetaler sind, hat Marie gesagt. Hast du trotzdem Angst?« Er sah sie erwartungsvoll an.

»Um mir Angst zu machen, braucht es schon etwas mehr als einen Wolf, mein Spätzchen.« Oma Agnes kniff ihrem Enkel in die Wange.

»Was denn zum Beispiel?«, erkundigte sich Marie betont beiläufig. »Einen Streit?«

»Wie kommst du denn darauf?«

»Keine Ahnung.« Marie zuckte mit den Schultern. »Es kann einem ganz schön zu schaffen machen, wenn man sich mit jemandem streitet, findest du nicht?«

»Ja, das stimmt.« Ein Schatten huschte über Oma Agnes' Gesicht. Ganz kurz nur, aber Franzi hatte ihn trotzdem gesehen. Sie waren auf der richtigen Spur!

»Wir gehen in mein Zimmer.« Marie stellte ihre schmutzigen Stiefel unter die Garderobe.

»Hast du deine Hausaufgaben fertig?«, fragte Oma Agnes.

»Ja, hab ich.« Marie warf Tessas Mutter einen genervten Blick zu, den diese jedoch komplett ignorierte.

»Möchtet ihr einen basischen Kräutertee? Ich hab gerade eine Kanne aufgesetzt. Der ist sehr gut für eure Säure-Basen-Balance.«

Marie verzog das Gesicht. »Nein danke.«

Sie lief die Treppe hinauf und Kim und Franzi beeilten sich, ihr zu folgen. »Die Frau macht mich noch wahnsinnig!« Marie stöhnte, als sie die Zimmertür hinter sich geschlossen hatte und die Freundinnen endlich unter sich waren. Sie ließ sich auf ihr Bett fallen. »Meine Hausaufgaben gehen sie überhaupt nichts an! Tessa und Papa fragen nie danach, sie vertrauen mir einfach. Und wer bitte schön trinkt freiwillig basischen Kräutertee?«

»Das mit dem Tee war doch nur nett gemeint«, sagte Kim. Franzi nickte. »Ich finde Oma Agnes eigentlich gar nicht so schlimm. Okay, sie hat diesen Tick mit der gesunden Ernährung. Aber irgendeine Macke hat schließlich jeder, oder?« Marie warf ihren Freundinnen einen vorwurfsvollen Blick zu. »Na toll, jetzt fallt ihr mir auch noch in den Rücken.« »Quatsch, wir sind auf deiner Seite«, versicherte Kim. »Reg dich nicht auf. Am besten, du ignorierst Oma Agnes einfach.« Marie seufzte. »Das sagt sich so leicht! Die Frau hat den totalen Kontrollwahn.« Sie beugte sich zu ihrem Nachttisch und zog die oberste Schublade auf. »Zum Glück hab ich hier noch ein paar Schokoladenkekse für Notfälle und Heißhungerattacken. Möchtet ihr?« Sie hielt ihren Freundinnen die Packung hin.

Kim nickte sofort. »Immer!«

Auch Franzi griff zu. »Was haltet ihr von dieser Geschichte mit dem Wolf beim Waldkindergarten?«

Kim knabberte nachdenklich an ihrem Keks. »Wenn wirklich ein Wolf in der Nähe des Kindergartens herumstreift, finde ich das schon ziemlich heftig. Also, ich kann die Sorge der Eltern gut verstehen.«

»Aber deshalb gleich den Kindergarten zu schließen, ist doch völlig überzogen«, erwiderte Franzi. »Wölfe sind sehr scheu und greifen normalerweise keine Menschen an.« Sie erzählte, was sie von ihrem Vater erfahren hatte.

»Ich hab auch ein bisschen was über das Thema gelesen.« Kim berichtete von ihrer Internet-Recherche.

»Es siedeln sich also tatsächlich wieder Wölfe in unserer Gegend an?«, fragte Marie.

Kim nickte. »Sieht ganz so aus.«

»Das ist doch toll!«, rief Franzi. »Ich verstehe nicht, warum die Leute so ein Problem damit haben. Die Wölfe haben dasselbe Recht, in unseren Wäldern zu leben, wie Rehe, Hasen oder Wildschweine.«

»Das sehen aber nicht alle Menschen so«, erwiderte Kim. »Viele haben Angst vor den Wölfen, so wie die Eltern vom Waldkindergarten.«

»Habt ihr heute übrigens schon Zeitung gelesen?« Marie stand auf und ging zu ihrem Schreibtisch. »Da war ein Interview mit dem Radfahrer drin, den wir Freitag getroffen haben. Ich hab es ausgeschnitten.« Sie griff nach dem Artikel und reichte ihn Franzi. »Der Mann heißt Alfons Bösse.«

Franzi griff nach dem Zeitungsausschnitt und überflog ihn. »*Wolfsalarm! – Die Wölfe greifen an*«, las sie halblaut vor. Es folgte ein Interview mit Alfons Bösse, in dem er ausführlich von seiner Wolfsbegegnung erzählte.

Kim, die Franzi über die Schulter blickte, schüttelte empört den Kopf. »Das klingt ja fast so, als hätten die Wölfe ihn mit fletschenden Zähnen verfolgt. Das ist doch kompletter Unsinn!«

»Außerdem ist plötzlich von mehreren Wölfen die Rede«, stellte Franzi fest. »Uns gegenüber hat der Mann doch nur von einem Tier gesprochen, oder?«

Marie nickte. »Ich finde den ganzen Artikel ziemlich reißerisch.«

»Das ist eine total einseitige Berichterstattung!«, regte sich Kim auf. »Seriöser Journalismus sieht anders aus. So ein Artikel schürt doch nur Angst und Panik bei den Leuten. Dieses

Interview könnte Sebastian in unserem Workshop glatt als schlechtes Beispiel benutzen. Er sagt uns immer wieder, wie wichtig es ist, ein Thema von allen Seiten zu beleuchten.«

»Vielleicht hat dieser Alfons Bösse ja tatsächlich etwas übertrieben«, sagte Marie. »Trotzdem wüsste ich gern, ob sich ein Wolf beim Waldkindergarten herumtreibt.«

»Machst du dir Sorgen wegen Finn?« Kim nahm sich noch einen Keks.

»Eigentlich nicht, aber ich würde lieber auf Nummer sicher gehen.«

»Kann ich gut verstehen«, sagte Kim. »Schließlich geht es um deinen kleinen Bruder!«

»Wisst ihr was? Wir sollten diese Nachbarin befragen.« Franzi sprang auf. »Am besten sofort! Wenn wir uns beeilen, schaffen wir es noch vor dem Abendessen.«

»Ich bin dabei. Hat jemand die Adresse?« Kim schob sich schnell den Keks in den Mund und kaute mit vollen Backen.

»Es gibt nur ein einziges Haus in der Nähe des Waldkindergartens«, sagte Marie. »Ich weiß, wo das ist.«

»Perfekt.« Franzi rieb sich unternehmungslustig die Hände. »Dann nichts wie los!«

✻ Spurensuche

»Da vorne ist es.« Marie zeigte auf ein kleines weißes Haus zwischen den Bäumen.

Dieses Mal hatten die drei !!! die Fahrräder genommen. Sie waren in Richtung Waldkindergarten gefahren, hatten den Parkplatz links liegen lassen und waren noch ein Stück die Straße hinuntergeradelt. Jetzt bogen sie auf eine schmale Zufahrt ein, die zwischen Birken, Fichten und Eichen zu dem weißen Häuschen führte.

»Hübsch hier«, meinte Franzi. »Richtig verwunschen. Ein bisschen wie bei Oma Lotti.«

Sie sah das gemütliche Haus in Billershausen vor sich, in dem ihre Oma so viele Jahre gelebt hatte. Das Haus am Rand des Märchenwaldes war nach Oma Lottis Tod verkauft worden. Franzi dachte immer noch viel an ihre Oma, und die schönen Erinnerungen zauberten oft ein Lächeln auf ihr Gesicht. Dann fühlte sie sich Oma Lotti ganz nah.

Die Detektivinnen stiegen von ihren Rädern und stellten sie vor dem Haus ab. Neben der Tür blühten Schneeglöckchen und Krokusse in einem kleinen Beet. Zwischen den Blumen lagen seltsam geformte, mit Moos überzogene Steine und knorrige Wurzeln. Die Haustür war nur angelehnt.

»Hallo?« Marie klopfte an den Türrahmen. »Ist jemand zu Hause?«

»Ich komme!«, rief eine Frauenstimme. Kurz darauf öffnete sich die Tür und eine Frau um die fünfzig erschien auf der Schwelle. Sie war klein, mollig, hatte winzige blonde Löckchen und eine Brille, hinter der zwei funkelnde Augen die Mädchen aufmerksam musterten. »Besuch! Wie nett!« Sie lächelte. »Eigentlich wollte ich gerade meinen täglichen Waldspaziergang machen. Das ist gut für die Gesundheit, wisst ihr? Ich gehe jeden Tag eine Stunde durch den Wald, zu jeder Jahreszeit und bei Wind und Wetter. Deshalb bin ich auch nie krank. Seit zwanzig Jahren keine Erkältung, kein Schnupfen, nichts. Das sagt doch alles, oder?« Sie sah die Detektivinnen Beifall heischend an.

»Äh – ja, da haben Sie sicher recht«, sagte Franzi, die der unerwartete Redeschwall etwas aus dem Konzept gebracht hatte. »Wohnen Sie ganz alleine hier, Frau ... äh ...«, sie warf einen schnellen Blick auf das Klingelschild, »Frau Wagner?«

»Allerdings.« Frau Wagner bückte sich, um den losen Schnürsenkel ihres rechten Wanderschuhs zuzuknoten. »Ich hab das Haus von meinen Eltern geerbt. Ist es nicht wunderhübsch? Na gut, es ist kein Palast und auch keine Villa, aber für mich ist es genau richtig. Ich fühle mich hier fest verwurzelt. Wie sagt man doch so schön? Einen alten Baum verpflanzt man nicht!« Sie richtete sich wieder auf. »Was kann ich für euch tun, meine Lieben?«

Franzi beschloss, sofort zur Sache zu kommen. Wenn die Frau weiter so viel redete, würden sie sonst morgen früh noch hier stehen. »Haben Sie wirklich einen Wolf gesehen?«

Frau Wagner zog überrascht die Augenbrauen hoch. »Das hat sich ja schnell herumgesprochen.«

»Mein kleiner Bruder geht in den Waldkindergarten«, erklärte Marie. »Seine Erzieherin hat uns davon erzählt und jetzt machen wir uns natürlich Sorgen.«

Frau Wagner nickte. »Ich habe gleich heute früh drüben im Kindergarten Bescheid gesagt. Nicht auszudenken, wenn den Kindern etwas passiert! Außerdem hab ich die Stadtverwaltung informiert. Die haben bisher allerdings nichts unternommen, soviel ich weiß.« Sie zog die Schultern hoch, als wäre ihr plötzlich kalt geworden. »Ein gruseliger Gedanke, dass dieses Vieh irgendwo da draußen herumläuft! Aber meinen Waldspaziergang mache ich trotzdem. Den lasse ich mir nicht nehmen!«

»Wann haben Sie den Wolf denn gesehen?« Kim zog ihr Detektivtagebuch für unterwegs aus der Tasche, ein abgegriffenes Heft mit Eselsohren, in das sie alle Details eines neuen Falls notierte.

»Das war gestern am späteren Abend.«

»Also am Montag?«

Frau Wagner nickte und Kim machte sich eine Notiz.

»Ich kam gerade von meinem Zumba-Kurs. Da gehe ich jeden Montagabend hin, schon seit drei Jahren. Meine Freundin Carola hat mir den Kurs empfohlen. Sie musste leider letztes Jahr aufhören, weil ihre Hüfte nicht mehr mitmacht. Aber ich bin immer noch dabei. Habt ihr schon mal Zumba gemacht? Das ist so eine Art Aerobic zu lateinamerikanischer Musik. Einfach genial!«

Franzi unterdrückte einen ungeduldigen Seufzer. Diese Frau quasselte wirklich ohne Punkt und Komma.

Kim blieb die Ruhe selbst. »Um wie viel Uhr war Ihr Kurs denn zu Ende?«

»Um neun. Dann habe ich geduscht, mir die Haare geföhnt und einen Eiweiß-Shake mit zwei Bekannten getrunken. Die haben da im Fitnessstudio so unglaublich leckere Shakes in allen Geschmacksrichtungen ...«

»Und wann sind Sie losgefahren?«, unterbrach Kim den Redefluss von Frau Wagner. Offenbar war selbst ihre Geduld nicht unerschöpflich.

»Gegen zehn, denke ich. Ich war mit dem Auto unterwegs. Es war schon dunkel. Da habe ich ihn gesehen.«

»Den Wolf?«, fragte Kim.

Frau Wagner nickte. »Er lief über die Straße, einfach so. Und dann ist er im Wald verschwunden.«

»Sind Sie sicher, dass es ein Wolf war?«, hakte Franzi nach. »Es klingt so, als hätten Sie das Tier nur ganz kurz gesehen.«

»Das stimmt. Aber im Licht der Autoscheinwerfer konnte ich ihn deutlich erkennen. Es war ein Wolf, eindeutig. Leider ging alles so schnell, dass ich kein Foto machen konnte.«

Kim hatte eifrig mitgeschrieben. »Wo genau war das?«

»Kurz hinter dem Parkplatz. Der Wolf ist über die Straße gelaufen und direkt vor dem Wildwechsel-Warnschild im Wald verschwunden.« Frau Wagner warf einen Blick auf ihre Armbanduhr. »Jetzt muss ich aber los, sonst wird es zu spät für meine Runde.« Sie zog mit einem Seufzer die Haustür hinter sich zu. »Wer weiß, wie lange man noch im Wald spazieren gehen kann, wenn sich bei uns wieder Wölfe ansiedeln. Dabei sind hier jeden Tag so viele Menschen unterwegs. Jogger, Hundebesitzer, Pilzsammler – und natürlich die Kinder vom Waldkindergarten. Was, wenn der Wolf irgendwann einen Menschen angreift?«

»Dazu wird es hoffentlich nicht kommen.« Kim schlug das Heft zu.

Frau Wagner griff nach einem knotigen Spazierstock und schwang ihn durch die Luft. »Ich kann mich jedenfalls verteidigen. Wenn mir der Wolf etwas tun will, kriegt er eins auf den Deckel!« Sie winkte den Mädchen zu und marschierte mit ausholenden Schritten zu dem Waldweg hinüber, der hinter dem Haus entlangführte.

Marie sah ihr kopfschüttelnd nach. »Ich dachte schon, die hört gar nicht mehr auf zu reden.«

»Immerhin wissen wir jetzt, wo der Wolf zuletzt aufgetaucht ist.« Kim steckte ihr Detektivtagebuch ein.

»Du glaubst ihr also?«, fragte Franzi.

»Klar! Weshalb sollte sie sich so etwas ausdenken?«

»Die Frage ist allerdings, ob sie tatsächlich einen Wolf gesehen hat«, gab Marie zu bedenken.

»Richtig.« Kim ging zu ihrem Fahrrad. »Deshalb sollten wir uns die Stelle auf dem Rückweg genauer ansehen.«

Franzi und Marie waren einverstanden. Die drei !!! stiegen auf ihre Räder, fuhren die lange Auffahrt hinunter und bogen auf die Straße ein.

»Da vorne muss es sein!« Nach etwa hundert Metern bremste Franzi und sprang neben einem dreieckigen Verkehrsschild vom Rad. Es war weiß mit roter Umrandung und einem springenden Reh in der Mitte.

Franzi lehnte ihr Fahrrad gegen einen Baum und ging neben dem Schild in die Hocke. Rechts und links von der Straße befand sich ein unbefestigter Grünstreifen. Der Boden war weich und an einigen Stellen etwas matschig.

»Hier ist etwas!« Franzis Herzschlag beschleunigte sich, als sie Abdrücke in der feuchten Erde entdeckte.

»Wo?«

Kim und Marie knieten sich neben Franzi. Vorsichtig, um keine Spuren zu verwischen, bewegte sie sich ein Stück nach vorne. »Da!« Franzi zeigte auf zwei Abdrücke.

»Tatsächlich!« Kim zückte ihr Handy und machte ein paar Fotos aus mehreren Perspektiven.

Marie runzelte die Stirn. »Das sind Pfotenabdrücke, ganz klar. Aber zu welchem Tier gehören sie?«

Konzentriert betrachtete Franzi die Spuren. Die beiden Abdrücke waren etwa acht bis zehn Zentimeter lang und hätten von Größe und Form her von einem Hund stammen können. Aber etwas irritierte Franzi. »Sieht so aus, als wären hier zwei Abdrücke übereinander.«

»Was heißt das?«, fragte Kim.

»Vielleicht ist das Tier mit der Hinterpfote in den Abdruck der eigenen Vorderpfote getreten. Das würde gegen einen Hund sprechen. Hunde haben eine andere Gangart.«

»Du meinst also, der Abdruck könnte tatsächlich von einem Wolf stammen?«

Franzi zuckte mit den Schultern. »Möglich. Aber wenn wir sichergehen wollen, müssen wir einen Experten fragen.«

Kim klopfte auf ihre Jackentasche, in der sich das Handy befand. »Ich hab alles im Kasten. Zu Hause schaue ich gleich im Internet nach, wer sich hier in der Region mit Tierspuren auskennt. Oder mit Wölfen.«

»Am besten mit beidem«, sagte Franzi.

Ihr Blick glitt über die Bäume am Straßenrand. War gestern Abend wirklich ein Wolf hier entlanggelaufen? Und wenn ja, wo versteckte er sich jetzt?

Im Wald

»Er müsste jeden Moment kommen.« Franzi warf einen Blick auf ihr Handy. Es war kurz nach vier.

Kim zog eine Tüte Gummibärchen aus der Jackentasche und hielt sie ihren Freundinnen hin. »Kleine Stärkung gefällig?«

»Danke!« Franzi nahm sich zwei grüne Gummibärchen. Auch Marie griff zu.

Die drei !!! waren mit dem örtlichen Revierförster auf dem Waldparkplatz verabredet. Kims Recherchen hatten ergeben, dass das Forstamt für Wolfssichtungen zuständig war. Thorsten Bode war nicht nur Förster, sondern auch Wolfsbeauftragter – und ein Bekannter von Franzis Vater. Darum hatte Franzi die Kontaktaufnahme übernommen, und der Förster war gleich bereit gewesen, sich mit den Detektivinnen zu treffen.

Als Franzi sich gerade das zweite Gummibärchen in den Mund steckte, fuhr ein dunkelgrüner Geländewagen auf den Parkplatz und hielt neben dem Waldweg. Ein Mann in grauer Fleecejacke stieg aus.

Franzi ging auf ihn zu. »Herr Bode? Ich bin Franziska Winkler. Wir haben telefoniert.« Sie streckte ihm die Hand entgegen.

»Hallo, Franziska!« Der Förster drückte ihre Hand mit festem Griff. Er hatte kurze dunkle Haare, einen offenen Blick und viele kleine Lachfältchen um die Augen.

»Bitte nennen Sie mich Franzi. Das sind meine Freundinnen Kim und Marie.«

»Toll, dass Sie so schnell Zeit für uns hatten«, sagte Kim.

»Kein Problem, ich hab heute sowieso hier in der Gegend zu tun.« Thorsten Bode öffnete den Kofferraum seines Geländewagens und ein Hund sprang heraus. Er hatte weißbraunes Fell, braune Schlappohren und schnupperte sofort schwanzwedelnd an Kims Jeans.

Kim lachte. »Du riechst Pablo, was? Unser Hund wäre bestimmt auch gerne mit in den Wald gekommen, aber er muss heute leider zum Impfen.«

»Das ist ein Kleiner Münsterländer, oder?«, fragte Franzi.

Der Förster nickte. »Du kennst dich mit Hunderassen aus, was?« Er holte ein Paar Gummistiefel aus dem Auto, zog seine Schuhe aus und stieg in die Stiefel.

»Ich helfe Papa manchmal in der Praxis«, erklärte Franzi. »Da bekommt man solche Dinge automatisch mit.«

Thorsten Bode nahm einen Rucksack aus dem Kofferraum, setzte ihn auf und schloss die Heckklappe. »Ihr interessiert euch also für Wölfe?«

Kim nickte. »Ich mache bei einem Reportage-Workshop mit und möchte über die Rückkehr der Wölfe schreiben.«

Die drei !!! hatten beschlossen, vorerst nicht als Detektivinnen aufzutreten, sondern Kims Reportage vorzuschieben, um nicht zu viele Fragen beantworten zu müssen.

»Da hast du dir ein spannendes Thema ausgesucht«, sagte der Förster.

»Gibt es wirklich wieder Wölfe bei uns?«, wollte Kim wissen.

»In letzter Zeit gab es tatsächlich einige Meldungen über Wolfssichtungen aus der Bevölkerung. Ich selbst habe leider noch keinen zu Gesicht bekommen, aber ich habe Spuren gefunden. Es leben mindestens zwei Wölfe in der Gegend, das ist sicher.«

Kim zog ihr Handy heraus, öffnete eins der Fotos, die sie vorgestern gemacht hatte, und hielt Herrn Bode das Display hin. »Ist das der Abdruck einer Wolfspfote?«

»Zeig mal her.« Der Förster griff nach dem Handy und zoomte den Abdruck heran. »Ja, eindeutig. Wolfsspuren erkennt man an der typischen Gangart der Wölfe. Wenn sie traben, setzen sie die Hinterpfote in den größeren Abdruck der Vorderpfote, das nennt man ›schnüren‹. Dadurch entsteht ein Doppelabdruck, genau wie hier.« Er deutete auf den oberen Teil des Abdrucks. »Das sind die vier Zehen, darunter befindet sich der Handtellerballen. An jeder Zehe hat der Wolf eine Kralle. Fällt euch was auf?«

»Hier sind jeweils zwei Krallenabdrücke pro Zeh«, antwortete Franzi wie aus der Pistole geschossen.

»Genau! Die zweiten Krallenabdrücke stammen von der Hinterpfote des Wolfs.«

Franzi nickte zufrieden. »So etwas Ähnliches hab ich mir schon gedacht.«

»Wo habt ihr die Spuren gefunden?«, erkundigte sich der Förster und gab Kim ihr Handy zurück.

»Ganz in der Nähe. Kurz hinter dem Parkplatz neben dem Wildwechsel-Warnschild«, erklärte Marie.

»Interessant! Das passt zu einer Wolfssichtung, die vorgestern früh gemeldet wurde.«

»Von Frau Wagner?«, fragte Kim.

»Woher wisst ihr das?« Thorsten Bode sah die Mädchen überrascht an.

»Wir haben mit ihr gesprochen«, sagte Franzi. »Sie hat uns erzählt, wo sie den Wolf gesehen hat. Glauben Sie, die Kinder aus dem Waldkindergarten sind in Gefahr?«

Der Förster schüttelte den Kopf. »Wölfe sind normalerweise sehr scheu und meiden Menschen. Tagsüber ziehen sie sich meistens in unzugängliche Waldgebiete zurück und lassen sich nicht blicken. Darum sieht man sie auch nur sehr selten.«

»Das deckt sich mit meinen Recherchen«, sagte Kim. »Aber was ist mit dem Radfahrer, der angeblich von einem Wolf verfolgt wurde? Sie haben doch bestimmt auch den Artikel in der Zeitung gelesen.«

»Ja, das ist wirklich eine seltsame Geschichte.« Thorsten Bode kratzte sich am Kopf. »Wenn der Wolf den Mann wirklich verfolgt hat, ist das ein sehr untypisches Verhalten. Vielleicht wurde das Tier als Welpe an Menschen gewöhnt und zeigt deshalb keine Scheu.«

Franzi runzelte die Stirn. »Sie meinen, der Wolf wurde gezähmt?«

»Nicht unbedingt. Es würde schon reichen, wenn er gefüttert wurde. Das kommt hin und wieder vor, obwohl es streng verboten ist. Solche Tiere verhalten sich später manchmal auffällig und müssen im schlimmsten Fall sogar erschossen werden.«

»Wie gemein!«, rief Franzi. »Der Wolf kann doch nichts dafür, dass er gefüttert wurde!«

»Das stimmt. Trotzdem hat die Sicherheit der Menschen natürlich immer Vorrang«, erklärte der Förster. »Vielleicht hat der Reporter des Artikels aber auch einfach etwas übertrieben oder der Radfahrer hat die Situation in seiner Panik falsch eingeschätzt.« Er pfiff nach dem Hund, der in der Nähe an einem Busch schnupperte. »Hierher, Asta!« Der Münsterländer gehorchte sofort und Thorsten Bode nahm ihn an die Leine.

»Was ist eigentlich ein Wolfsbeauftragter?«, fragte Marie.

»Als Wolfsbeauftragter ist es meine Aufgabe, den Wolfsbestand hier in der Gegend zu dokumentieren«, erklärte Herr Bode. »Ich notiere zum Beispiel ganz genau jede Wolfssichtung und trage sie in eine Karte ein. Außerdem gehe ich selbst auf Spurensuche im Wald und bin für die Fotofallen zuständig.«

»Fotofallen?«, fragte Kim interessiert. »Was ist das?«

»Kommt mit, ich zeig's euch.« Der Förster ging über den Parkplatz, ließ den Weg zum Waldkindergarten links liegen und schlug einen schmalen Pfad ein. Asta lief neben ihm her, die Schnauze immer am Boden. »Eine Fotofalle ist so etwas wie eine automatische Kamera. Wir haben vor einer Weile mehrere dieser Geräte im Wald installiert. Sie sollen die Anwesenheit und Aktivität der Wölfe in der Region überwachen.«

»Wie funktioniert das genau?«, fragte Franzi.

»Die Kameras werden über Bewegungsmelder ausgelöst und arbeiten rund um die Uhr. Nachts nutzen sie Infrarotlicht.« Thorsten Bode bog ins Unterholz ab. Hier gab es keinen Weg mehr. Sie liefen über weiches Moos, stiegen über Äste und halb verrottete Baumstämme. »Vorsicht!« Der Förster hielt die Zweige einer Fichte zur Seite, damit sie den Detektivinnen nicht ins Gesicht schlugen. »Gleich sind wir da.«

Hinter der Fichtenschonung öffnete sich eine Lichtung. Am Rand hing ein kleiner, rechteckiger Apparat an einer jungen Eiche. Das Gehäuse war in braungrünen Tarnfarben gehalten, sodass es sich kaum vom Baumstamm abhob.

Thorsten Bode öffnete das Bügelschloss, das die Kamera sicherte, klappte das Gehäuse auf und nahm eine kleine Speicherkarte heraus. »Ich kontrolliere die Fotofallen regelmäßig und lese die Daten aus. Vielleicht haben wir ja Glück und es ist ein schöner Wolfsschnappschuss dabei.« Er nahm den Rucksack ab, holte einen Laptop heraus und schob die Speicherkarte hinein.

»Haben Sie schon viele Fotos von Wölfen gemacht?«, fragte Kim.

»Nein, nicht so viele. Meistens laufen nur Rehe, Hirsche oder Hasen vor die Linse. So wie hier, seht ihr?« Der Förster ging die Fotos rasch durch. Es war immer derselbe Ausschnitt der Lichtung zu sehen, auf der sich mal bei Tageslicht, mal nachts ein Rehbock, mehrere Hasen, zwei Waschbären und sogar ein Wildschwein aufhielten.

»Cool!«, murmelte Franzi.

Plötzlich stieß der Förster einen leisen Pfiff aus. »Was haben wir denn hier?« Er vergrößerte das Bild.

»Ein Wolf!«, hauchte Marie.

Franzi schluckte. Der Wolf schaute in die Kamera und schien sie direkt anzusehen. Sein Blick ging ihr durch und durch.

»Wie gruselig«, murmelte Kim.

»Das Bild wurde vorgestern um ein Uhr elf aufgenommen.« Thorsten Bode zeigte auf die Zeitangabe am rechten unteren

Bildrand. »Wahrscheinlich war der Wolf auf Nahrungssuche.«

»Was fressen Wölfe eigentlich?«, erkundigte sich Marie.

»Meistens jagen sie Wild, hauptsächlich Rehe, Hirsche oder Wildschweine.« Der Förster speicherte die Bilder ab. »Ab und zu reißen Wölfe allerdings auch Nutztiere.«

»Meinen Sie damit Schafe?«, fragte Marie.

»Zum Beispiel.« Thorsten Bode klappte den Laptop zu und verstaute ihn wieder in seinem Rucksack. »Es können aber auch Ziegen oder andere Tiere sein.« Er steckte die Speicherkarte zurück in die Kamera und schloss das Gehäuse. »Wölfe leben im Rudel. Ein Rudel besteht meistens aus den beiden Elterntieren, den diesjährigen und den vorjährigen Jungen.«

»Klingt ja fast wie eine richtige Familie«, warf Franzi ein.

Der Förster nickte. »Im Rudel herrscht ein großer Zusammenhalt, die Tiere gehen fürsorglich miteinander um und kümmern sich umeinander. Die Jährlinge helfen bei der Aufzucht der Welpen, indem sie auf sie aufpassen, während die Eltern auf Nahrungssuche sind.«

»So eine Art Wolfs-Babysitter?« Marie grinste.

»Kann man so sagen. Wenn die jungen Wölfe zwei Jahre alt sind, verlassen sie normalerweise ihr Rudel. Sie gehen auf Wanderschaft und versuchen, einen Partner und ein geeignetes Revier zu finden, um ihr eigenes Rudel zu gründen.«

Franzi seufzte. »Ich möchte so gern mal einen Wolf in freier Wildbahn sehen!«

Kim schüttelte sich. »Spinnst du? Ich würde vor Schreck sterben, wenn jetzt plötzlich ein Wolf auftauchen würde!«

»Also, ich kann mir auch etwas Schöneres vorstellen«, gab

Marie zu. »Mir reicht es völlig, die Wölfe auf den Fotos der Wildkamera zu sehen.«

Ein Handy klingelte und Franzi griff automatisch in ihre Tasche. Doch es war nicht ihr Telefon.

Der Förster zog sein Smartphone aus der Jacke. »Bode!« Er hörte konzentriert zu und stellte ein paar knappe Fragen. Als er das Telefon wieder wegsteckte, hatte sich auf seiner Stirn eine Sorgenfalte gebildet. »Tut mir leid, aber ich muss sofort los.«

»Ist etwas passiert?«, fragte Franzi.

Thorsten Bode nickte ernst. »Es hat einen Wolfsangriff gegeben.«

Wenn die Angst umgeht

»Was?« Franzi starrte den Förster schockiert an. »Hat der Wolf etwa einen Menschen angegriffen?«

Thorsten Bode schüttelte den Kopf. »Nein, aber er soll drei Schafe auf der Weide von Schäfer Wigald gerissen haben.« Er kontrollierte noch einmal das Schloss an der Fotofalle und schulterte seinen Rucksack.

»Wie schrecklich!« Kim war etwas blass um die Nase. »Was passiert denn jetzt?«

»Ich fahre gleich hin und dokumentiere den Riss. Die Weide von Wilhelm Wigald ist ganz in der Nähe.«

Der Förster nahm Asta an die kurze Leine und trat den Rückweg durchs Unterholz an. Die drei !!! folgten ihm. Eine Weile herrschte gedrücktes Schweigen. Unzählige Fragen schwirrten durch Franzis Kopf. Ob die Schafe sehr gelitten hatten? Warum hatte der Wolf das getan? Im Wald gab es doch genug Wild, das er jagen konnte! Aber mussten ihr dann die Rehe und Wildschweine, die der Wolf tötete, nicht genauso leidtun?

Nach dem ersten Schreck gewann Franzis Detektivinstinkt die Oberhand und steuerte ihre Gedanken in eine andere Richtung. »Woher weiß der Schäfer eigentlich so genau, dass der Wolf seine Schafe gerissen hat?«, fragte sie, während sie über einen bemoosten Baumstamm hinwegstieg. »Hat er ihn gesehen?«

»Nein, aber solche Risse sind nichts Ungewöhnliches in einer von Wölfen besiedelten Gegend«, sagte Thorsten Bode.

»Wenn die Nutztiere nicht ausreichend geschützt werden, sind sie leichte Beute für hungrige Wölfe. Natürlich könnten es auch wildernde Hunde gewesen sein. Deshalb wird jedes tote Schaf gründlich untersucht. Anhand der DNA kann man feststellen, ob das gerissene Tier tatsächlich von einem Wolf getötet wurde. In diesem Fall erhält der Halter Entschädigung vom Land.«

Sie hatten den Parkplatz erreicht. Der Förster marschierte mit langen Schritten zu seinem Wagen, öffnete den Kofferraum und ließ Asta hineinspringen.

Die drei !!! wechselten einen Blick. Franzi wusste, dass ihre Freundinnen dasselbe dachten wie sie. Die Sache klang spannend! Vielleicht entwickelte sich ja sogar ein neuer Fall daraus ...

»Dürfen wir mitkommen?«, fragte Franzi.

»Ich glaube, das ist nichts für euch«, sagte Thorsten Bode. »Fahrt besser nach Hause.«

»Wir stören auch ganz bestimmt nicht«, versprach Marie.

»Ich weiß nicht ...« Der Förster runzelte die Stirn.

»Für meine Reportage könnte ich ein kurzes Interview mit dem Schäfer gut gebrauchen«, sagte Kim. »Ich möchte das Thema von allen Seiten beleuchten, wissen Sie?«

Thorsten Bode seufzte. »Na gut, von mir aus. Aber nur unter einer Bedingung: Ihr haltet euch von den toten Tieren fern!«

Die Detektivinnen nickten. Herr Bode erklärte ihnen kurz den Weg, dann fuhren sie los.

Die drei !!! brauchten mit ihren Rädern kaum länger als der Förster in seinem Wagen. Die Weide des Schäfers lag hinter der übernächsten Kurve direkt am Waldrand. Der dunkelgrüne Geländewagen parkte neben dem Stall und Thorsten Bode begrüßte gerade den Schäfer. Asta hatte er im Auto gelassen. Schnell stellten die Detektivinnen ihre Räder ab und gingen zu den beiden Männern hinüber.

»Das sind Franzi, Kim und Marie«, stellte der Förster die Mädchen vor. »Kim will eine Reportage über die Rückkehr der Wölfe schreiben.«

Wilhelm Wigald schnaubte verärgert. »Von mir aus hätten diese verdammten Wölfe ruhig wegbleiben können! Drei meiner Schafe haben sie gerissen und zwei verletzt. Die restliche Herde ist völlig verängstigt.«

Franzi warf einen Blick zur Weide hinüber, auf der nur wenige Tiere nahe am Zaun grasten. »Wo sind denn die Schafe?«

»Sie haben sich in den Stall zurückgezogen«, sagte der Schäfer. »So ein Wolfsangriff ist ein schweres Trauma für die Tiere.«

»Haben Sie den Wolf gesehen?«, fragte Marie.

Der Schäfer schüttelte den Kopf. »Er muss über den Zaun gesprungen sein, anders kann ich mir das nicht erklären. Und ich dachte, meine Schafe wären hinter dem Elektrozaun in Sicherheit. Außerdem hab ich mir extra einen zweiten Hütehund angeschafft. Was soll ich denn noch alles machen? Etwa nachts Wache stehen, falls das Biest wieder auftaucht?«

Die drei !!! schwiegen betroffen. Der Mann tat Franzi leid. Sie konnte seine Verzweiflung gut nachvollziehen.

»Wenn es wirklich ein Wolf war, hast du Anspruch auf Entschädigung«, erklärte Thorsten Bode. »Außerdem kannst du einen Zuschuss für einen höheren Zaun und andere Sicherheitsmaßnahmen beantragen.«

»Das nützt doch alles nichts!« Wilhelm Wigalds Stimme klang mutlos. »Ich hab mit Kollegen in anderen Wolfsrevieren gesprochen. Dort kommen Wolfsrisse häufiger vor. Wenn der Wolf einmal da war, kommt er immer wieder. Einige Schäfer mussten ihren Betrieb schon aufgeben, weil es sich finanziell nicht mehr gelohnt hat. Außerdem geht es ja nicht nur ums Geld. Ich hänge an meinen Schafen! Einige von ihnen hab ich eigenhändig mit der Flasche aufgezogen.« Er seufzte. »Es ist nicht schön, seine Tiere auf diese Weise zu verlieren.«

»Nein, natürlich nicht«, stimmte der Förster zu.

»In anderen Gegenden haben es Wölfe auch auf Ziegen und Kälber abgesehen«, erzählte der Schäfer weiter. »Es gab sogar schon Risse von Fohlen und ausgewachsenen Kühen!«

Franzi musste an Tinka denken und es lief ihr kalt den Rücken hinunter. Die Vorstellung, ihrem Pony könnte etwas passieren, war einfach nur schrecklich.

»Am besten sollte man diese verdammten Wölfe sofort abschießen!«, wetterte Wilhelm Wigald. »Dann könnten meine Schafe wieder in Ruhe auf ihrer Weide grasen.«

»Stehen Wölfe nicht unter Naturschutz?«, fragte Marie.

Herr Bode nickte. »Sie sind durch das Bundesnaturschutzgesetz geschützt. Das illegale Töten der Tiere ist eine Straftat.« Er warf dem Schäfer einen scharfen Blick zu. »Du weißt, was das heißt, oder?«

Wilhelm Wigald hob abwehrend die Hände. »Ja, ja, du brauchst mir keinen Vortrag zu halten.«

»Ich kann dich ja verstehen«, lenkte der Förster ein. »Es war sicher ein Schock für dich, die toten Tiere zu finden. Am besten, ich schau sie mir gleich mal an, damit wir die Formalitäten erledigen können. Je eher wir alles geklärt haben, desto schneller bekommst du deine Entschädigung.«

»Wir müssen jetzt los«, sagte Franzi schnell. Sie war zwar als Tierarzttochter einiges gewöhnt, aber den Anblick der gerissenen Schafe wollte sie sich und ihren Freundinnen lieber ersparen.

»Falls ihr noch Fragen habt, meldet euch gerne jederzeit bei mir.« Thorsten Bode schüttelte den Detektivinnen zum Abschied die Hand, bevor er dem Schäfer auf die Weide folgte.

»Die armen Schafe«, sagte Kim, während sie zu ihrem Fahrrad ging.

Franzi nickte. »Wenn Tinka oder Polly von einem Wolf angegriffen würden, wäre ich auch völlig mit den Nerven fertig, genau wie Herr Wigald.«

Marie legte die Hand auf Franzis Arm. »Mach dir keine Sorgen, den beiden kann nichts passieren. Tinka ist nachts in ihrer Box und Polly verzieht sich in ihren Schlafstall.«

Franzi seufzte. »Zum Glück! Bisher dachte ich, Wölfe sind einfach nur faszinierend und toll, aber jetzt bin ich mir nicht mehr so sicher.«

»Du kannst ihnen ihr Verhalten nicht vorwerfen«, erwiderte Kim. »Es ist schließlich nicht ihre Schuld, dass sie andere Tiere töten. Wölfe sind Raubtiere und ernähren sich nun mal von ihrer Beute. Sie haben einen angeborenen Jagdinstinkt, das ist von der Natur so vorgesehen.«

»Trotzdem müssen auch Schafe, Ziegen und andere Nutztiere geschützt werden«, sagte Marie.

Franzi schloss ihr Fahrrad auf. »Ganz schön schwierig ...«

Kim stieg auf ihr Rad. »Aber ein Gutes hat die Sache: Stoff für meine Reportage hab ich jetzt schon in Hülle und Fülle.«

Als Franzi nach Hause kam, dämmerte es bereits. Sie schob ihr Fahrrad in den Schuppen und wollte gerade zum Haus gehen, als sich die Tür der Tierarztpraxis öffnete. Herr Winkler und eine Frau kamen heraus. Die Frau war vielleicht Ende sechzig, trug einen hellen Mantel und wirkte sehr gepflegt. Ein Dackel mit einer verbundenen Pfote folgte ihr humpelnd. Wahrscheinlich war der Hund der letzte Patient des Tages, denn Herr Winkler schloss gerade die Praxistür ab. Für heute war Feierabend.

»Ich kann Ihnen gar nicht genug danken, Herr Doktor«, hörte Franzi die Frau sagen. »Sie haben Moritz das Leben gerettet!«

»So schlimm war seine Verletzung nun auch wieder nicht«, wehrte Herr Winkler ab.

»Trotzdem! Wenn ich dagegen an den armen Max denke …« Die Frau schluchzte auf.

»Beruhigen Sie sich doch bitte«, murmelte Herr Winkler ein wenig hilflos.

»Hallo, Papa!« Franzi winkte ihrem Vater zu. »Was ist denn los?«

»Das ist meine Tochter.« Herr Winkler schien erleichtert zu sein, Franzi zu sehen. »Frau Schöne hat heute ihren Hund verloren.«

Franzi sah verwirrt von der Frau zu dem humpelnden Dackel. »Aber …«

Frau Schöne hatte Franzis Blick bemerkt. »Nicht Moritz. Es

geht um meinen Dackel Max.« Sie wischte sich eine Träne aus dem Augenwinkel. »Er ist heute Nachmittag im Wald verschwunden.«

»Ist er weggelaufen?«, fragte Franzi.

»Sozusagen.« Herr Winkler steckte den Schlüsselbund ein. »Stell dir vor, Frau Schöne ist im Wald einem Wolf begegnet!«

»Was?« Franzi riss die Augen auf. »Sie auch?«

»Wieso?«, fragte Frau Schöne irritiert. »Was soll das heißen?«

»Ach, nichts«, sagte Franzi schnell. Die Ermittlungen des Detektivclubs waren streng geheim. Es war das oberste Gebot der drei !!!, keine Einzelheiten an Außenstehende zu verraten.

»Meine Tochter interessiert sich gerade sehr für das Thema«, erklärte Herr Winkler. »Wir haben erst kürzlich über Wölfe gesprochen.«

»Sie haben wirklich einen Wolf gesehen?«, vergewisserte sich Franzi. »Am helllichten Tag?«

Frau Schöne nickte. »Es war furchtbar! Ich habe mit Max und Moritz unseren täglichen Spaziergang gemacht. Die Hunde kennen den Weg durch den Wald in- und auswendig. Wir gehen jeden Tag dort entlang. Plötzlich tauchte ein großes, graues Tier auf der Lichtung auf. Es war eindeutig ein Wolf. Ich bin fast in Ohnmacht gefallen vor Schreck!«

»Kann ich mir vorstellen«, sagte Franzi.

»Die Hunde sind durchgedreht«, erzählte Frau Schöne weiter. »Max und Moritz haben wie wild gekläfft und an ihren Leinen gezerrt. Der Wolf ist daraufhin im Wald verschwunden.«

»Und was ist dann passiert?«

»Erst war ich erleichtert, aber die Hunde wollten sich einfach nicht beruhigen. Sie haben sich losgerissen und sind dem Wolf gefolgt. Ich hab sie gerufen, doch die beiden haben überhaupt nicht reagiert. Sie waren wie von Sinnen!« Frau Schönes sorgfältig geschminkte Lippen bebten. »Ich bin ihnen nachgelaufen, konnte aber nur Moritz erwischen. Seine Leine hatte sich in einem Busch verfangen. Max … Max war wie vom Erdboden verschluckt.« Eine Träne lief über ihr Gesicht und hinterließ eine dunkle Spur aus verschmierter Wimperntusche.

»Sie haben ihn nicht wiedergefunden?«, fragte Franzi.

»Nein. Ich hatte Angst, dieser Wolf könnte noch mal auftauchen, und bin völlig panisch zu meinem Auto gerannt. Erst auf dem Parkplatz hab ich bemerkt, dass mit Moritz etwas nicht stimmt. Er hatte sich an der Pfote verletzt, deshalb bin ich sofort hierhergefahren.« Sie atmete zitternd ein und versuchte, sich wieder zu fassen. »Was für ein schrecklicher Tag!«

»Zum Glück war Moritz' Verletzung harmlos«, sagte Herr Winkler. »Er hatte sich einen Dorn in die Pfote getreten, den ich problemlos entfernen konnte.«

»Und was ist mit Max?«, wollte Franzi wissen.

Frau Schöne schluchzte auf. »Den hat sich bestimmt der Wolf geholt. Mein armer Kleiner!« Sie weinte hemmungslos. Moritz winselte und leckte seinem Frauchen die Hand.

»Das halte ich wirklich für sehr unwahrscheinlich«, versicherte Herr Winkler. »Bestimmt geht es Max gut und er hat sich nur verlaufen.«

»Glauben Sie?« Frau Schöne zog ein blütenweißes Stofftaschentuch aus ihrer Manteltasche und schnäuzte sich.

»Vielleicht ist er in seiner Panik zu weit in den Wald hinein-
gelaufen und hat den Rückweg nicht mehr gefunden«, sagte
Franzi.

»Ja, das könnte sein …« Ein Hoffnungsschimmer blitzte in
Frau Schönes Augen auf.

»Am besten, Sie legen seine Hundedecke an die Stelle, an der
Sie ihn zuletzt gesehen haben«, riet Herr Winkler. »Mit etwas
Glück findet Max den Weg dorthin und wartet morgen früh
schon auf der Decke auf Sie.«

»Das ist eine gute Idee.« Frau Schöne wischte sich mit dem
Taschentuch über die Augen, wodurch sie die aufgelöste
Wimperntusche noch mehr verschmierte. »Vielen Dank,
Herr Doktor, ich werde Ihren Rat beherzigen.«

Herr Winkler nickte ihr freundlich zu und ging zum Haus.
Franzi folgte ihm, doch dann fiel ihr noch etwas ein.

»Einen Moment!« Sie lief zurück zu Frau Schöne, die gerade
ihren Wagen aufschloss. »Ich hab noch was für Sie.« Sie zog
eine Visitenkarte aus der Hosentasche.

»Vielen Dank!« Frau Schöne nahm die Karte entgegen und betrachtete sie überrascht.

»Meine Freundinnen und ich sind Detektivinnen«, erklärte Franzi. »Rufen Sie uns an, wenn Sie Hilfe brauchen.«

»Das ist sehr nett von dir.« Frau Schöne steckte die Karte ein, hob Moritz vorsichtig auf den Rücksitz und nahm hinter dem Steuer Platz.

Franzi sah dem davonfahrenden Wagen hinterher. Heute war eine Menge passiert. So viele Eindrücke und Informationen schwirrten in ihrem Kopf herum und verursachten dort ein ziemliches Chaos. Es würde eine Weile dauern, bis sie alles sortiert und verarbeitet hatte. Eins war allerdings jetzt schon klar: Wölfe waren nicht nur faszinierend und aufregend, sondern auch wilde Raubtiere.

Was, wenn der Wolf, der durch den Wald streifte, tatsächlich gefährlich war? Erst die gerissenen Schafe, jetzt ein verschwundener Dackel.

Was würde als Nächstes geschehen?

Dackel gesucht!

Als es am Freitag nach der letzten Stunde klingelte, packte Franzi erleichtert ihre Sachen zusammen und verließ als eine der Ersten das Klassenzimmer. Endlich Wochenende! Sie freute sich auf die beiden freien Tage ohne frühes Aufstehen und nervige Hausaufgaben. Draußen schien die Frühlingssonne auf den Schulhof und Franzi sog die klare, frische Luft ein. Das perfekte Wetter für einen Ausritt auf Tinka! Ihr Pony war in letzter Zeit etwas zu kurz gekommen, weil Franzi so viel mit der Schule und dem Detektivclub zu tun gehabt hatte. Manchmal wünschte sie sich, ihre Tage hätten mehr als vierundzwanzig Stunden.

Während Franzi zu ihrem Fahrrad ging, dachte sie an Blake. Ob es ihm heute besser ging? Seit er krank geworden war, hatten sie nur ein paar Mal kurz gesimst und plötzlich hatte Franzi schreckliche Sehnsucht nach ihm. Sie musste seine Stimme hören, jetzt sofort! Schnell zog sie ihr Handy aus der Hosentasche und wählte seine Nummer.

»Hey, Franzi!« Blakes Stimme klang warm und nicht mehr so matt wie beim letzten Mal.

»Hallo! Ich wollte mal hören, wie's dir geht.«

»Besser. Heute Morgen hab ich zum ersten Mal wieder etwas Vernünftiges gegessen, Rührei mit Tomaten auf Toast. Es hat einfach himmlisch geschmeckt!«

Franzi lachte. »Klingt gut.«

»Ich kann keinen Zwieback und keine Salzstangen mehr sehen. Von Fencheltee ganz zu schweigen. Ekelhaftes Zeug!«

»Sag mal, wie wär's, wenn ich auf dem Nachhauseweg kurz vorbeikomme?«, fragte Franzi spontan.

Blake seufzte. »Total gerne! Ich hab riesige Sehnsucht nach dir. Aber jetzt hat es leider meine Mutter und meine Schwester erwischt. Die beiden liegen seit gestern flach und blockieren abwechselnd das Klo.«

»Oh nein! Wie blöd.«

»Dieser Virus ist echt fies ansteckend. Wenn du dir nichts einfangen willst, solltest du unser Haus lieber weiträumig umfahren.«

»Schade! Allmählich weiß ich schon gar nicht mehr, wie du aussiehst.«

»Blendend, wie immer!« Das Grinsen in Blakes Stimme war nicht zu überhören. »Ich hab zwei Kilo abgenommen. So ein Magen-Darm-Virus ist besser als jede Diät.«

»Kann ich mir vorstellen.« Franzi musste lachen.

»Ich melde mich, sobald sich die Lage an der Magen-Darm-Front geklärt hat, okay?« Blakes Stimme wurde ganz sanft. »Ich vermisse dich!«

»Ich dich auch.«

Nach dem Gespräch war Franzis Sehnsucht noch größer als vorher. Am liebsten wäre sie sofort auf ihr Fahrrad gestiegen und zu Blake geradelt. Wie gern hätte sie jetzt die Arme um ihn geschlungen und seine Nähe gespürt. Dieser blöde Virus! Sie wollte das Handy gerade wegstecken, als es kurz in ihrer Hand vibrierte. Eine neue Nachricht! Von Blake? Nein, es war eine unbekannte Nummer. Franzi überflog mit gerunzelter Stirn den Text.

Liebe Franzi, Max ist immer noch weg. Ich bin verzweifelt und weiß nicht, was ich tun soll. Könnt ihr mir helfen?
MfG, Maria Schöne

Franzis Kopf schaltete sofort in Detektivmodus. Sie schob ihre Sehnsucht und alle Gedanken an Blake zur Seite und konzentrierte sich auf die nächsten Schritte:
1. Kim und Marie informieren
2. Frau Schöne anrufen
3. Zu Hause Bescheid sagen, dass sie später kommen würde
4. Max suchen!

Eine halbe Stunde später standen die drei !!! mitten im Wald. Die Sonne schien zwischen den Zweigen der Bäume hindurch und malte helle Kringel auf den Boden. Irgendwo klopfte ein Specht gegen einen Stamm. Das alles wäre wahnsinnig idyllisch gewesen – wenn hier nicht gestern ein kleiner Dackel spurlos verschwunden wäre.
»Dort drüben müsste es sein.« Franzi zeigte auf eine Lichtung zu ihrer Rechten. Das halbhohe Gras bewegte sich sanft im Wind, zwischen all dem Grün blühten ein paar gelbe Blumen. »Auf dieser Lichtung hat Frau Schöne den Wolf gesehen.«
»In welche Richtung ist der Hund gelaufen?«, fragte Kim. Sie und Marie waren so schnell wie möglich zum Waldparkplatz gekommen, nachdem Franzi sie alarmiert hatte. Franzi zeigte auf die Büsche gleich hinter der Lichtung. »Dorthin, glaube ich. Frau Schöne hat von einem dichten Gestrüpp gesprochen.«

Franzi hatte die kurze Wartezeit auf dem Parkplatz genutzt, um die Dackelbesitzerin anzurufen und sich von ihr die Stelle beschreiben zu lassen, an der Max abgehauen war. Leider war der Hund nicht über Nacht zu der Decke zurückgekehrt, die sein Frauchen ihm hingelegt hatte. Auch ein Anruf beim Tierheim war erfolglos gewesen. Niemand hatte einen Dackel abgegeben. Frau Schöne war völlig verzweifelt und Franzi hatte versprochen, alles zu tun, um Max zu finden.

»Wir müssen das Waldstück bis zur Straße durchkämmen«, sagte Marie. »Vielleicht hat sich der Hund ja irgendwo verkrochen.«

»Oder er hat sich verletzt und kann nicht mehr laufen«, mutmaßte Kim.

Bei diesem Gedanken musste Franzi schlucken. Armer Max! Wenn er wirklich die ganze Nacht im Wald verbracht hatte, war er bestimmt völlig verängstigt und unterkühlt. Tagsüber schien zwar die Sonne, aber die Frühlingsnächte waren noch sehr frisch. »Lasst uns loslegen! Je eher wir den Hund finden, desto besser.«

»Wie wär's mit einer Extra-Portion Power?« Marie streckte den Arm aus. »Ich schätze, die können wir heute gut gebrauchen.«

Die Detektivinnen legten die Hände übereinander. »Die drei !!!«, sagten sie im Chor.

Marie sagte: »Eins!«, Kim »Zwei!« und Franzi »Drei!«.

Zum Schluss warfen sie gleichzeitig die Arme in die Luft und riefen: »Power!!!«

Franzi spürte sofort, wie frische Energie durch ihren Körper strömte. Plötzlich fühlte sie sich, als könnte sie alles schaffen.

Sie klatschte in die Hände. »Auf geht's! Am besten, wir laufen in größeren Abständen nebeneinanderher. Wer etwas gefunden hat, pfeift, okay?«

Franzi überquerte die Lichtung und zwängte sich zwischen den Büschen hindurch. Rechts von sich hörte sie das Rascheln von Kims Schritten, das allmählich leiser wurde. Kims rote Jacke, die erst noch zwischen den Zweigen leuchtete, war schon bald nicht mehr zu sehen. Franzi war allein. Sie kämpfte sich langsam durch das Gestrüpp. Die dornigen Äste kratzten an ihrer Jeans und schienen sie nicht durchlassen zu wollen. Franzi griff nach einem Stock, der auf dem Boden lag, und stocherte damit in einem Gebüsch herum. Eine Maus flitzte davon, aber von dem Dackel keine Spur.

»Max!«, rief Franzi. »Wo bist du, Max? Bei Fuß!«

Ihre Stimme klang seltsam. Irgendwie fremd. Und ziemlich verloren. Franzi blieb stehen. Plötzlich war es ganz still. Nur der Wind rauschte in den Wipfeln. Als wäre sie die einzige Mensch im Wald. Sie fröstelte und lief weiter. Die Büsche lichteten sich. Kiefern und Fichten wuchsen gen Himmel, dazwischen vereinzelte Birken und Farne mit wippenden Blättern. Der Boden war von Moos bedeckt, das das Geräusch von Franzis Schritten schluckte. Ab und zu knackte ein kleiner Zweig unter ihren Turnschuhen.

»Max!«, rief Franzi noch einmal. Sie lauschte. Nichts. Kein Bellen, kein Japsen, nicht mal ein Winseln.

Da! Von links ertönte ein Pfiff. Marie! Franzi rannte los. Es dauerte nicht lange, bis sie ihre Freundin erreichte, die neben einem Gebüsch im Moos kniete.

»Hast du Max gefunden?«, rief Franzi atemlos.

Marie erhob sich. »Nein, aber das hier.« Sie hielt eine rote Lederleine samt Halsband hoch.

Kim tauchte zwischen den Bäumen auf. »Was ist los?«

»Marie hat eine Hundeleine entdeckt.« Franzi untersuchte das Fundstück. »Der Verschluss am Halsband hat sich gelöst. Wahrscheinlich hat Max die Leine auf seiner Flucht verloren. Immerhin wissen wir jetzt, dass die Richtung stimmt.«

Doch die weitere Suche verlief erfolglos. Als die drei !!! eine Dreiviertelstunde später auf dem Waldparkplatz zusammentrafen, hatten sie keine neuen Hinweise gefunden. Auch vom Wolf fehlte jede Spur.

»Verdammt!« Franzi kickte frustriert einen Stein zur Seite. »Wo steckt Max nur?«

»Vielleicht hat ihn ein Spaziergänger mitgenommen«, überlegte Marie laut. »Oder er ist jemandem zugelaufen.«

»Frau Schöne sollte eine Suchanzeige in die Zeitung setzen lassen«, schlug Kim vor.

Franzi nickte. »Gute Idee.« Sie zückte ihr Handy, um ihrer Auftraggeberin Bericht zu erstatten, und stellte auf laut, damit die anderen mithören konnten. Frau Schöne nahm sofort nach dem ersten Klingeln ab.

»Habt ihr Max gefunden?«, fragte sie statt einer Begrüßung.

»Leider nein. Aber wir haben eine rote Leine aus Leder und ein Halsband in einem Busch entdeckt. Gehören die Max?«

Ein erstickter Schluchzer drang aus der Leitung. »Ja! Die Leine war noch ganz neu. Die Farbe passte so gut zu Max' braunem Fell. Glaubt ihr, der Wolf hat sich meinen Max geschnappt?«

Franzi überlegte kurz. »Nein, wir haben keine Spuren gefunden, die auf einen Wolfsangriff hinweisen.« Trotz allem war Franzi erleichtert. Solange das Gegenteil nicht bewiesen war, konnten sie davon ausgehen, dass der Hund lebte. »Vielleicht ist Max jemandem zugelaufen«, fuhr Franzi fort. »Was halten Sie von einer Suchanzeige in der Zeitung? Sie könnten auch einen Zettel mit einem Foto von Max und Ihrer Telefonnummer hier beim Parkplatz aufhängen.«

»Das ist eine gute Idee. Bei der Zeitung hab ich schon angerufen«, erzählte Frau Schöne. »Die fanden meine Geschichte sehr interessant und wollen einen Reporter für ein Interview vorbeischicken.«

»Prima! Wir melden uns, sobald wir neue Informationen haben.« Franzi beendete das Gespräch.

»Wahnsinn, dass die Zeitung gleich einen Reporter zu Frau Schöne schickt«, sagte Marie. »Der Wolf scheint ja ein ganz großes Thema zu sein.«

Kim schnaubte verächtlich. »Hauptsache, der Artikel wird nicht so reißerisch wie das Interview mit Alfons Bösse.«

»Es waren in den letzten Tagen einige Berichte über den Wolf in der Zeitung«, erzählte Franzi. »Mein Vater hat sie mir beim Frühstück vorgelesen. Außerdem gab es jede Menge Leserbriefe zu dem Thema. Unglaublich, wie weit die Meinungen der Leute auseinandergehen.«

»Stimmt, ich hab die Diskussion auch verfolgt«, bestätigte Kim. »Es haben sich zwei gegensätzliche Lager gebildet: Wolfsfreunde und Wolfsgegner. Dazwischen scheint es nichts zu geben.« Sie machte ein besorgtes Gesicht. »Ich hab das Gefühl, die Stimmung heizt sich zunehmend auf. Im Internet soll es sogar schon Drohungen gegeben haben. Menschen, die einen kritischen Beitrag zu den Wölfen gepostet haben, wurden von Wolfsfreunden angefeindet. Und umgekehrt.«

»Krass!«, sagte Marie. »Ich hätte nicht gedacht, dass das Thema solche Wellen schlägt.« Ihr Handy piepte und sie warf einen Blick auf das Display. »Eine Nachricht von Tessa!« Sie überflog die SMS und stöhnte. »Nicht schon wieder!«

»Was ist los?«, erkundigte sich Kim.

»Tessa fragt, ob ich Finn vom Kindergarten abholen kann. Sie muss Lina zu ihrem Kletterkurs bringen und Oma Agnes liegt mit Schnupfen im Bett.« Marie schnaubte verärgert. »Immer, wenn man Tessas Mutter braucht, ist sie entweder beim Friseur oder krank. Tolle Hilfe!«

»Ist doch nicht so schlimm«, sagte Franzi. »Der Waldkindergarten ist ja gleich um die Ecke.«

»Es macht euch also nichts aus, Finn schnell dort einzusammeln und nach Hause zu bringen?«, vergewisserte sich Marie. Kim und Franzi schüttelten den Kopf.

»Quatsch, natürlich nicht«, sagte Kim.

»Toll, danke!« Marie tippte eine kurze Antwort an Tessa, dann marschierten sie los.

Als sich die drei !!! dem blauen Bauwagen näherten, rannte Finn ihnen schon entgegen.

»Mahie! Mahie!«, rief er aufgeregt.

»Hallo, mein Kleiner!« Marie fing ihren Bruder auf, der ihr direkt in die Arme stolperte. Seine strubbeligen Haare standen in alle Richtungen ab und er war völlig außer Atem. »Du bist ja ganz durcheinander. Ist etwas passiert?«

Finn nickte heftig. »Ole und Levin sind weg!«

Chaos im Kindergarten

Finn zog Marie zum Bauwagen, wo Elli auf einer alten Gartenbank saß. Die Erzieherin hatte den rechten Fuß hochgelegt. Ihr Kollege und einige Eltern umringten sie und alle redeten durcheinander. Franzi verstand nur einzelne Satzfetzen.

»… können doch nicht einfach so verschwinden!«

»Was, wenn der Wolf …«

»… Polizei rufen …«

Die Kinder wuselten um die Erwachsenen herum. Einige sahen ängstlich aus, ein Mädchen schmiegte sich an seine Mutter und weinte.

Marie schob sich neben die Bank und tippte Elli auf die Schulter. »Was ist denn hier los?«

Die Erzieherin war kreidebleich. »Zwei Kinder sind verschwunden.«

Finn zupfte an Maries Mantel. »Das hab ich dir doch schon gesagt!«

Kim zog sofort ihr Detektivtagebuch aus der Tasche. »Können Sie uns bitte der Reihe nach erzählen, was genau passiert ist?«

Franzi bewunderte sie für ihre Ruhe. Sie selbst musste erst einmal tief durchatmen. Zwei im Wald verschollene Jungs – das war echt heftig!

Elli fuhr sich nervös durch ihre kurzen blonden Haare. »Nach dem Mittagessen waren Ole und Levin noch da. Die Kinder dürfen bis zum Abholen immer frei draußen spielen.«

»Haben Sie gesehen, wo die beiden Jungs gespielt haben?«, fragte Marie.

Elli schüttelte den Kopf. »Nein, ich war damit beschäftigt, das Mittagessen wegzuräumen.«

Wieder zupfte Finn an Maries Mantel. »Ich hab Ole und Levin gesehen.«

»Ach ja?« Marie ging in die Hocke. Jetzt war ihr Gesicht auf einer Höhe mit Finns. »Wo denn?«

»Da!« Finn zeigte auf eine große Fichte, neben der ein paar Werkzeuge lagen. »Tim und ich bauen eine Hütte unter der Fichte. Ole und Levin wollten nicht mitmachen. Die hatten was anderes vor.«

»Und was?«, fragte Marie.

Finn zuckte mit den Schultern. »Weiß nicht. Das haben sie nicht gesagt.«

Franzi wandte sich an die anderen Kinder. »Weiß jemand von euch, was Ole und Levin vorhatten?«

Allgemeines Schulterzucken.

Das kleine Mädchen, das gerade noch geweint hatte, löste sich von seiner Mutter und stellte sich neben Finn. »Das is geheim«, piepste sie.

»Die Jungs haben euch nicht verraten, was sie machen wollten?«, hakte Kim nach.

Das Mädchen schüttelte den Kopf. »Ole hat gesagt, das is 'ne Geheimsache und Mädchen dürfen sowieso nicht mitmachen.« Sie zog die Nase hoch.

»Aha.« Kim machte sich eine Notiz.

»Wann haben Sie denn gemerkt, dass die Jungs fehlen?«, fragte Marie die Erzieherin.

»Erst als Oles Mutter und Levins Opa die beiden abholen wollten«, antwortete Elli. »Vorher ging es hier drunter und drüber. Ich bin kurz vor der Abholzeit blöd gestürzt und hab mich verletzt.« Sie deutete auf ihr hochgelegtes Bein.

»Wie ist das denn passiert?«, wollte Franzi wissen.

Elli seufzte. »Ich hab die Kinder zum Abschlusskreis zusammengerufen. Dort hinten zwischen den Büschen bin ich in ein Loch getreten und umgeknickt. Ich konnte nicht mehr auftreten, Falk musste mich stützen.« Sie nickte zu ihrem Kollegen hinüber.

»Und in der allgemeinen Aufregung ist Ihnen zunächst gar nicht aufgefallen, dass zwei Kinder fehlen«, folgerte Kim.

Elli nickte. »Wäre ich doch bloß nicht in dieses blöde Loch getreten!« Sie versuchte, ihre Zehen zu bewegen, und verzog vor Schmerz das Gesicht.

»Halten Sie den Fuß lieber ruhig«, riet Franzi. »Der Knöchel ist ziemlich geschwollen, das müssen Sie untersuchen lassen. Soll ich einen Krankenwagen rufen?«

»Das hab ich schon erledigt«, mischte sich Ellis Kollege ein. »Die Sanitäter müssten jeden Moment hier sein.«

»Haben Sie eine Ahnung, wo die Jungs stecken könnten?«, fragte Kim. »Gibt es irgendeinen Ort, an dem sie besonders gerne spielen?«

»Dort haben wir schon überall nachgesehen.« Falk fuhr sich mit beiden Händen durch seine dunklen Haare. »Ich mache mir solche Vorwürfe! Schließlich haben Elli und ich die Verantwortung für die Kinder.«

»Vielleicht haben sie irgendwo beim Spielen die Zeit vergessen«, sagte Franzi.

»Oder sie haben sich versteckt, weil sie nicht nach Hause wollen.« Marie stieß Finn an. »Das machst du doch auch manchmal, wenn Tessa dich abholen will, stimmt's?«

Finn schüttelte empört den Kopf. »Gar nicht!«

Elli überlegte kurz. »Ich glaube nicht, dass die beiden sich versteckt haben.«

»Ole und Levin machen zwar öfter mal Quatsch«, fügte Falk hinzu. »Manchmal laufen sie auch tiefer in den Wald hinein, als sie sollten. Aber zur Abholzeit waren sie bisher immer zurück.«

Die drei !!! wechselten einen Blick. Das klang gar nicht gut.

»Da kommen Oles Mutter und Levins Opa.« Elli sah zu einer Frau mit schwarzen Locken und einem älteren Herrn im grünen Lodenmantel, die eilig auf den Bauwagen zukamen. »Sie haben das Gelände noch einmal abgesucht.«

Die Gespräche verstummten, alle blickten den beiden entgegen.

»Und?«, fragte Falk.

Oles Mutter schüttelte den Kopf. »Nichts. Wir haben keine Spur von den beiden gefunden.« Sie war sehr blass und in ihren Augen glänzten Tränen.

»Die Jungs sind nicht auf dem Gelände«, fügte Levins Opa hinzu. Er wirkte gefasst, aber sein Blick war voller Sorge.

Auf seine Worte folgte bedrücktes Schweigen. Die Sonne schien plötzlich etwas weniger hell und der Gesang der Vögel bekam etwas Melancholisches.

»Vielleicht hat der Wolf sie ja gefressen«, platzte Finn heraus.

Marie zuckte zusammen. »Unsinn!«

»Wieso?« Finn zog eine beleidigte Schnute. »Rotkäppchen

und die Großmutter hat er doch auch aufgefuttert. Und die sieben Geißlein!«, fügte er triumphierend hinzu.

»Das sind nur Märchen, das hab ich dir doch schon erklärt«, sagte Marie.

»Trotzdem ist dieser Wolf eine Gefahr«, stellte eine Mutter fest. »Ich verstehe nicht, warum die Stadtverwaltung nicht längst etwas unternommen hat.«

Ein Vater nickte. »Wölfe in der Nähe eines Kindergartens, das geht gar nicht!«

Die anderen Eltern nickten zustimmend.

Oles Mutter wurde noch etwas blasser. »Hätte ich Ole doch heute nur zu Hause behalten«, murmelte sie. »Wenn ihm etwas passiert ist, werde ich mir das nie verzeihen.«

»Wölfe greifen normalerweise keine Menschen an.« Franzi versuchte, beruhigend zu klingen, aber es gelang ihr nicht so richtig. Wenn sie ehrlich war, hatte sie selbst ein mulmiges Gefühl.

»Da wäre ich mir nicht so sicher«, erwiderte Levins Opa. »Raubtiere sind unberechenbar.«

»Wahrscheinlich haben sich die Jungs einfach im Wald verlaufen«, vermutete Marie.

Doch Levins Opa schüttelte den Kopf. »Levin kennt die Gegend wie seine Westentasche. Ich bin Jäger und laufe viel mit ihm durch den Wald. Er hat sich bestimmt nicht verirrt.«

Oles Mutter holte tief Luft. Sie schien einen Entschluss gefasst zu haben. »Ich rufe jetzt die Polizei!«

Kim nickte ernst. »Das ist eine gute Idee. Soll ich das für Sie übernehmen? Ich hab die Durchwahl von Kommissar Peters. Auf dem direkten Weg geht es sicher schneller.«

Oles Mutter nickte. Sie schwankte leicht und musste sich an der Bank festhalten.

Kim zog ihr Handy aus der Jackentasche und wählte die Nummer des Kommissars. Sie schilderte ihm kurz die Situation, nickte ein paar Mal und beendete das Gespräch. »Er kommt.« Kim ließ das Handy sinken. »Der Kommissar macht sich sofort auf den Weg.«

Die Wolfsfalle

Am frühen Abend kehrten die drei !!! erschöpft zum Bauwagen zurück. Die Sonne war bereits hinter den Bäumen untergegangen und Franzi fröstelte in ihrer dünnen Jacke.

Kommissar Peters hatte sofort eine groß angelegte Suchaktion organisiert und die Detektivinnen hatten erst Finn nach Hause gebracht und sich dann einem der Suchtrupps angeschlossen. Auch viele Kindergarteneltern und Leute aus der Nachbarschaft suchten mit. Bis jetzt allerdings ohne Erfolg.

»Wo stecken die Jungs nur?«, fragte Kim frustriert. »Sie können sich doch nicht einfach in Luft aufgelöst haben!«

Franzi öffnete die Tür zum Bauwagen, der als Einsatzzentrale diente. Stickige, warme Luft schlug ihr entgegen. Kommissar Peters saß an einem Tisch und brütete über mehreren Landkarten. Zwei Polizisten telefonierten mit Headsets und tippten dabei Informationen in ihre Laptops.

»Ach, da seid ihr ja.« Der Kommissar rieb sich die leicht geröteten Augen. Er sah müde aus.

»Gibt es was Neues?«, fragte Marie.

Peters schüttelte den Kopf. »Noch nicht. Die Kollegen nehmen Hinweise aus der Bevölkerung auf, aber bisher war keine heiße Spur dabei. Wir haben jetzt fast den gesamten Wald durchkämmt – nichts!« Er runzelte besorgt die Stirn, bevor ein Lächeln auf seinem Gesicht erschien. »Toll übrigens, dass ihr bei der Suche helft.«

Kim winkte ab. »Das ist doch selbstverständlich.«

»Was ist mit den Suchhunden?«, erkundigte sich Franzi.

Der Kommissar hatte speziell ausgebildete Polizeihunde angefordert, die Menschen anhand ihres Geruchs verfolgen und Vermisste aufspüren konnten.

»Die Hunde haben den Weg der Jungs bis zu einem Bachlauf verfolgt«, antwortete Peters. »Dort verliert sich ihre Spur.«

Marie nagte an ihrer Unterlippe. »Könnten die Jungs beim Spielen in den Bach gefallen sein?«

Peters schüttelte den Kopf. »Das Wasser ist viel zu seicht, um darin zu ertrinken. Außerdem haben die Eltern von Ole und Levin ausgesagt, dass ihre Söhne schwimmen können. Levin hat letzten Sommer sein Seepferdchen gemacht. Ole hat sogar schon das Bronze-Abzeichen.«

Kim atmete hörbar auf. »Das ist gut!«

»Nehmt euch einen heißen Tee und wärmt euch erst mal auf.« Der Kommissar sah auf die Uhr. »Wahrscheinlich müsst ihr bald nach Hause, oder? Nicht, dass eure Eltern auch noch eine Vermisstenanzeige aufgeben.«

»Ein bisschen Zeit haben wir noch«, sagte Franzi.

Das Handy des Kommissars klingelte. Er warf einen Blick auf das Display und seufzte. »Das ist mein Chef. Ich soll ihm stündlich Bericht erstatten. Als wenn ich nichts Besseres zu tun hätte!«

Während Peters telefonierte, gingen die drei !!! zu dem Tisch hinüber, an dem die Kinder bei schlechtem Wetter malten und ihr Mittagessen einnahmen. Dort standen Thermoskannen mit Tee und Kaffee, belegte Brötchen und ein Teller mit Plätzchen für die Helfer bereit. Franzi goss sich dampfenden Kräutertee ein und legte beide Hände um den heißen Pappbecher. Die Wärme tat gut.

Kim setzte sich auf einen der kleinen Kindergartenstühle. »Ich muss leider wirklich bald los. Meine Eltern warten mit dem Abendessen.« Jülichs hatten feste Essenszeiten und Kims Mutter konnte sehr unangenehm werden, wenn ein Familienmitglied eine Mahlzeit verpasste. »Außerdem bin ich nachher noch mit David verabredet.«

»Der Typ aus deinem Workshop?«, fragte Franzi interessiert und nahm auf einem anderen Stühlchen Platz. »Trefft ihr euch jetzt regelmäßig?«

»Nein, nur ab und zu. Er hat mich zu einem DVD-Abend eingeladen und will mir seine Lieblingsfilme zeigen.«

»Süüüß!«, flötete Marie. »Kim hat einen neuen Verehrer.«

Kim verpasste ihr einen Stoß mit dem Ellbogen. »Quatsch!«

»Dieser David ist doch Science-Fiction-Fan, oder?«, erinnerte sich Franzi.

Kim nickte. »Genau! Er steht auf Scifi und Fantasy.«

Franzi grinste. »Und du meinst, das ist das Richtige für dich?«

Kim zuckte mit den Schultern. »Keine Ahnung. Ich kenne mich damit nicht aus. Deshalb hat David mich ja eingeladen, als kleine Einführung in das Genre sozusagen.« Sie steckte sich gedankenverloren einen Keks in den Mund und griff nach ein paar bunt bekritzelten Blättern, die neben der Keksdose lagen. »Wie niedlich!« Sie hielt ein Blatt mit einer Kinderzeichnung hoch. »Das soll wahrscheinlich der Bauwagen sein, oder?« Ein himmelblaues, ziemlich windschiefes Rechteck wurde von hohen Bäumen eingerahmt. Dazwischen wuchsen rote Blumen.

»Was ist das denn?« Franzi zog ein Bild zu sich heran, auf dem ein großes, schwarzes Tier zu sehen war. Es hatte spitze

Ohren und lange Zähne. Auf den ersten Blick hätte es ein großer Hund sein können. Oder ein bissiges Ungeheuer.

Marie runzelte die Stirn. »Könnte ein Wolf sein.«

Franzi drehte das Blatt um. Auf der Rückseite stand ein Name. »Das Bild ist von Ole!«

»Ole hat also einen Wolf gemalt.« Kim machte ein nachdenkliches Gesicht. »Interessant.«

»Bestimmt waren die Wölfe ein großes Thema bei den Kindern«, vermutete Marie. »Es haben ja alle mitbekommen, dass hier ein Wolf gesehen wurde. Finn redet jedenfalls seitdem von nichts anderem mehr. Abends zum Einschlafen will er nur noch *Rotkäppchen* oder *Der Wolf und die sieben Geißlein* hören.«

»Kein Wunder!« Franzi betrachtete Oles Zeichnung. »Dieser Wolf sieht allerdings ziemlich unheimlich aus.«

Kim ging die anderen Blätter durch. »Hier ist ein Bild von Levin.« Sie zog es aus dem Stapel und machte ein ratloses Gesicht. »Wisst ihr, was das sein soll?«

Franzi kniff die Augen zusammen. Sie konnte sich keinen Reim auf das Gekrakel machen. »Vielleicht abstrakte Kunst?«

Kim grinste, aber Marie blieb ernst. »Nein! Das ist ein Loch!« Sie zeigte auf eine Vertiefung zwischen zwei Linien. »Oder eine Grube. Und darin sitzt jemand. Oder etwas?«

Franzi nippte an ihrem Tee. »Du hast recht!« In der Vertiefung hockte ein dunkles, haariges Wesen mit spitzen Ohren und langem Schwanz. »Schon wieder ein Wolf!«

»Der Wolf ist in die Grube gestürzt und kommt nicht mehr heraus«, murmelte Kim. Ihr Gesicht hellte sich auf. »Erinnert euch das an was?«

Es dauerte nur eine Sekunde, bis es bei Franzi klick machte.
»Das Loch, in das Elli getreten ist!«

»Du meinst«, begann Marie langsam, »das Loch könnte eine Wolfsfalle gewesen sein?«

»Wer weiß?« Franzi stand auf. »Das sollten wir auf jeden Fall überprüfen.«

»Ich rufe Elli an.« Marie zückte ihr Smartphone. »Sie soll uns genau beschreiben, wo sie sich den Fuß verknackst hat.«

»Hast du ihre Nummer?«, fragte Kim.

»Nein, aber hier müsste irgendwo eine Notfallliste hängen mit den Kontaktdaten aller Erzieherinnen und Erzieher.« Marie sah sich suchend um. »Da ist sie ja!«

Die Liste hing direkt neben der Tür. Marie tippte Ellis Nummer ein und ging zum Telefonieren nach draußen.

Franzi nahm einen Schluck Tee. »Wenigstens ist mir jetzt wieder warm.«

»Mir auch.« Kim erhob sich. »Aber diese winzigen Stühle sind echt unbequem. Komm, wir gehen zu Marie.«

Sie winkten dem Kommissar zu, der immer noch mit seinem Chef telefonierte, und verließen den Bauwagen. Marie stand mit ihrem Smartphone am Ohr neben den Balancier-Baumstämmen. »Okay ... Danke für die Info ... Ja, das müssten wir finden ... Gute Besserung!«

»Wie geht es Elli?«, fragte Kim. »Ist sie noch im Krankenhaus?«

Marie steckte das Handy ein. »Nein, sie ist gerade nach Hause gekommen. Ihr Fuß ist zum Glück nicht gebrochen, sie hat nur eine Bänderdehnung. Trotzdem muss sie den Knöchel in nächster Zeit schonen und wird eine Weile ausfallen.«

»Wo ist denn jetzt dieses Loch?«, fragte Franzi ungeduldig. Die Zeit lief ihnen davon! Wenn sie die Jungen vor Einbruch der Dunkelheit finden wollten, mussten sie sich beeilen.

»Es muss irgendwo dort drüben sein, wenn ich Elli richtig verstanden habe, gleich neben einem Findling.« Marie umrundete die auf der Erde liegenden Baumstämme, ging an der Fichte vorbei, unter der sich Finn und sein Freund Tim ihre Hütte bauen wollten, und marschierte ins Unterholz. »Das Loch war unter Tannenzweigen und Laub versteckt, darum hat Elli es nicht gesehen.«

»Ist sie denn gar nicht misstrauisch geworden?«, fragte Kim.

Marie schüttelte den Kopf. »Im Wald gibt es ja öfter versteckte Löcher, zum Beispiel verlassene Tierbaue.«

»Trotzdem!« Kim schüttelte den Kopf. »Da hätten bei ihr doch sämtliche Alarmglocken klingeln müssen.«

»Es denken eben nicht alle Menschen wie Detektivinnen«, stellte Franzi fest.

»Hier ist es!« Marie blieb vor einem großen Stein stehen, der wie eine graue Schildkröte aussah, die Kopf und Beine unter ihren Panzer gezogen hatte.

Franzi kniete sich neben das Loch. »Ganz schön tief!« Sie tastete die Ränder ab. »Wenn ihr mich fragt, ist das eindeutig kein Tierbau.«

»Woher willst du das wissen?«, fragte Kim.

»Die Seitenwände sind total glatt. Das Loch wurde mit einer Schaufel gegraben, nicht mit Pfoten oder Krallen.«

»Jemand hat das Loch ausgehoben und mit Tannenzweigen und Laub getarnt«, fasste Marie zusammen. »Eine echte Falle!«

»Ganz schön gefährlich«, sagte Kim. »Elli hat Glück im Unglück gehabt. Sie hätte sich leicht alle Knochen brechen können.«

Franzi stand auf und wischte sich ein paar dunkle Erdkrumen von der Jeans. »Glaubt ihr, Ole und Levin haben das Loch gegraben?«

»Möglich wäre es«, sagte Kim. »Aber dann müssten sie doch irgendwelche Spuren hinterlassen haben.«

Franzi sah sich suchend um. In einem nahe gelegenen Gebüsch leuchtete etwas Gelbes. »Seht mal, da drüben!« Sie lief zu dem Busch und griff zwischen die Zweige. »Eine Schaufel!« Sie schwenkte eine gelbe Plastikschippe. Auf dem Griff stand in schwarzen, leicht verblichenen Buchstaben *Waldkindergarten Mini-Füchse.*

»Es passt alles zusammen«, stellte Marie fest. »Ole und Levin wollten den Wolf fangen, von dem seit Tagen alle reden. Deshalb haben sie das Loch ausgehoben. Sie haben niemandem davon erzählt, es sollte ein Geheimnis sein.«

»Aber statt des bösen Wolfs ist Elli in ihre Falle getappt«, spann Kim den Faden weiter.

»Vielleicht haben Ole und Levin dort hinter dem Busch gehockt und alles beobachtet«, überlegte Franzi laut. »Was, wenn sie Panik gekriegt haben und abgehauen sind, als Elli in das Loch getreten ist?«

»Genau!« Marie nickte. »Sie sind weggelaufen und haben sich irgendwo versteckt.«

»Aber dann hätten die Suchtrupps sie doch längst finden müssen«, wandte Franzi ein.

»Nicht unbedingt. Levin kennt sich gut im Wald aus, hat

sein Opa gesagt. Vielleicht hat er irgendwo einen geheimen Rückzugsort.« Marie zückte ihr Handy. »Ich rufe Finn an. Möglicherweise hat Levin ja mal ein Versteck im Wald erwähnt.« Sie gab die Nummer ein, sprach kurz mit Tessa und ließ sich Finn geben. »Hallo, Finn!« Marie stellte auf laut, damit Kim und Franzi mithören konnten.

Finns helle Stimme drang aus dem Handy. »Sind Ole und Levin wieder da?«

»Nein, noch nicht. Aber ganz viele Leute suchen nach ihnen. Sie werden bestimmt bald gefunden, mach dir keine Sorgen. Sag mal, weißt du, ob Levin irgendwo im Wald ein Geheimversteck hat?«

»Ein was?«

»Ein geheimes Versteck. Ein Ort, an den er geht, wenn er allein sein will oder etwas ausgefressen hat.«

»Weiß nicht …« Finn klang unsicher. »Ich glaub nicht.«

»Denk nach!«, sagte Marie eindringlich. »Das ist echt wichtig. Hat Levin mal irgendwas von einem besonderen Ort gesagt? Es könnte eine alte Jagdhütte, ein Hochsitz oder ein Baumhaus sein. Vielleicht auch ein selbst gebauter Unterstand oder eine Bude unter einem Baum.«

Eine Weile war es still in der Leitung, dann sagte Finn: »Levin hat eine Höhle.«

»Was?« Marie straffte die Schultern. »Wo?«

»Irgendwo im Wald. Er hat gesagt, wenn er groß ist, zieht er in seine Höhle. Da hat er fließendes Wasser, ganz viel Platz und niemand nervt ihn.«

»Mehr hat er nicht gesagt?«

»Nö. Kommst du bald nach Hause? Oma Agnes und ich

machen belegte Brote mit Kräuterquark und Gemüsegesichtern.«

»Ich komme, so schnell ich kann, okay? Danke, Finn, du hast uns sehr geholfen. Bis später, mein Kleiner!« Marie ließ das Handy sinken.

»Eine Höhle im Wald …« In Franzis Magen kribbelte es. Endlich eine heiße Spur!

»Wo gibt's denn hier Höhlen?«, fragte Marie.

»Bei den alten Felsen«, sagte Kim. »Ein Mädchen aus meinem Workshop hat eine Reportage über Höhlenforschung geschrieben und dabei die Höhlen im Wald erwähnt.«

»Stimmt!« Franzi nickte. »Die alten Felsen liegen ziemlich tief im Wald. Der Bach müsste direkt dorthin fließen.«

»Fließendes Wasser!«, kombinierte Kim. »Jede Menge Platz gibt es dort sicher auch.«

»Und es ist ruhig und man ist völlig ungestört«, fügte Marie hinzu.

»Das ist aber eine ganze Ecke entfernt«, gab Kim zu bedenken. »Glaubt ihr, die Jungs sind so weit gelaufen?«

»Warum nicht?« Franzi zuckte mit den Schultern. »Es würde auf jeden Fall erklären, warum die Suchmannschaften sie bisher nicht gefunden haben. Die alten Felsen liegen genau in der anderen Richtung!«

»Wir müssen hinfahren und nachsehen«, beschloss Marie. »Jetzt sofort!«

»Sollen wir nicht lieber dem Kommissar Bescheid sagen?«, fragte Kim.

Franzi blickte zum Bauwagen. Hinter der Fensterscheibe saß Peters und telefonierte immer noch. Er gestikulierte heftig

und wirkte gestresst. »Der ist doch gerade beschäftigt. Außerdem wäre es ärgerlich, wenn wir falschliegen und ihm unnötig Zeit stehlen. Wir probieren es besser auf eigene Faust.«
Marie nickte. »Finde ich auch.«

»Okay, wenn ihr meint …« Kim schien noch nicht ganz überzeugt zu sein, aber sie gab sich einen Ruck. »Ich sag nur schnell zu Hause Bescheid, dass es später wird. Und bei David muss ich mich auch melden. Ich fürchte, aus unserem DVD-Abend wird heute nichts.«

Auch Franzi und Marie schrieben eilig Nachrichten an ihre Eltern, damit sie sich keine Sorgen machten. Dann sprangen die Detektivinnen auf ihre Räder und düsten los.

In der Höhle

Die drei !!! brauchten etwa zwanzig Minuten, bis sie den Forstweg erreicht hatten, der von der Straße abzweigte und zu den alten Felsen führte. Sie umrundeten einen rot-weißen Schlagbaum, der unbefugte Autofahrer fernhalten sollte, und fuhren immer tiefer in den Wald hinein.

An einer Weggabelung blieb Marie stehen. Sie warf einen Blick auf das Display ihres Handys. »Laut Routenplaner müssen wir hier rechts abbiegen.« Sie sah zu einem gewundenen Pfad, der zwischen Büschen und Farnen entlangführte.

Kim stellte ihr Fahrrad ab. »Sieht so aus, als müssten wir das letzte Stück laufen. Da kommen wir mit den Rädern nicht durch.«

Franzi lehnte ihr Rad gegen einen Baum. »Ist es noch weit?«

»Etwa einen Kilometer«, antwortete Marie.

Franzi ging voran. Der Pfad war so schmal, dass sie nur hintereinander gehen konnten. Die langen Farnblätter strichen über Franzis Jeans und ihre Schritte wurden von einer dicken Schicht aus halb vermodertem Laub abgefedert. Es roch nach feuchten Blättern, Moos und Baumrinde. Die Sonne war inzwischen endgültig untergegangen und die Dunkelheit kroch aus den Büschen wie ein lichtscheues Tier, das sich nur nachts aus seinem Versteck wagt. Im Unterholz raschelte es.

»Was war das?«, fragte Kim, die direkt hinter Franzi lief.

»Irgendein Tier«, beruhigte Franzi ihre Freundin. »Wir sind im Wald, schon vergessen? Hier gibt es Mäuse, Hasen, Rehe, Hirsche …«

»… und Wölfe!«, fügte Kim hinzu. »Da kann einem schon etwas mulmig werden.«

»Ach was!« Franzi strich im Vorbeilaufen über die gezackten Farnblätter. »Du weißt doch, wie selten Begegnungen zwischen Menschen und Wölfen sind. Es wäre ein echtes Wunder, wenn wir hier einen Wolf sehen würden.«

In diesem Moment ertönte in der Ferne ein lang gezogenes Heulen.

Kim griff nach Franzis Arm. »Habt ihr das auch gehört?«

»Klang wie ein Hund«, sagte Franzi. »Jedenfalls war es bestimmt kein Wolf, der den Mond anheult.«

»Woher willst du das so genau wissen?«, fragte Marie, die das Schlusslicht bildete.

»Weil es nur eine Legende ist, dass Wölfe den Mond anheulen«, erklärte Franzi. »Das weiß ich von meinem Vater. Wölfe heulen, um sich mit anderen Tieren aus ihrem Rudel zu verständigen. Mit dem Mond hat das nichts zu tun.«

Wie aufs Stichwort tauchte der Mond zwischen den Baumkronen auf und ließ den Wald in silbrigem Licht erstrahlen. Plötzlich wirkte alles fremd und geheimnisvoll, als wären sie in einer Märchenwelt gelandet. Die Farnblätter schienen ihnen zuzuwinken und die große Baumwurzel, an der sie gerade vorbeigingen, sah aus wie ein buckliger Troll. Franzi, die eigentlich weder an winkende Farne noch an Trolle glaubte, zog die Schultern hoch.

»Immerhin ist das noch eine halbwegs nette Legende«, sagte Marie. »Ansonsten kommen Wölfe in Märchen und Fabeln ja nicht besonders gut weg.«

»Stimmt«, murmelte Kim. »In *Rotkäppchen* frisst der Wolf

erst die Großmutter und dann das arme Rotkäppchen. Das macht ihn nicht gerade sympathisch.«

»Hör mir auf mit *Rotkäppchen!*« Marie stöhnte. »Die Geschichte kann ich inzwischen im Schlaf erzählen.«

»*Großmutter, was hast du für große Augen?*«, begann Kim.

»*Dass ich dich besser sehen kann*«, ergänzte Marie.

»*Großmutter, was hast du für große Hände?*«

»*Dass ich dich besser packen kann.*«

Kim quiekte auf, als Marie von hinten nach ihrem Arm griff.

»*Aber, Großmutter, was hast du für ein entsetzlich großes Maul?*«

»*Dass ich dich besser fressen kann!*« Maries Stimme klang so düster, dass Franzi eine Gänsehaut bekam.

Der Wald schluckte die letzten Worte und niemand sagte mehr etwas. Eine Weile waren nur die abendlichen Geräusche des Waldes zu hören. Das Rascheln kleiner Tiere im Unterholz, der Schrei eines Käuzchens, der Wind in den Baumkronen. Es war inzwischen so dunkel, dass Franzi die Bäume rechts und links des Pfades nur noch schemenhaft wahrnahm. Wann waren sie endlich bei den alten Felsen?

Plötzlich tauchte ein Schatten weiter vorne auf dem Pfad auf. Franzi blieb so abrupt stehen, dass Kim sie von hinten anrempelte.

»Was …«, begann Kim, aber Franzi unterbrach sie mit einem leisen »Pst!« und deutete nach vorn.

Ein Tier stand reglos auf dem Pfad und sah ihnen entgegen. Der Mond glitt hinter einer Wolke hervor und Franzi erkannte eine lange Schnauze, spitze Ohren und graues Fell. Sie hielt den Atem an. Es sah aus wie ein großer Hund. Oder war es ein Wolf?

Die Detektivinnen drängten sich auf dem schmalen Pfad aneinander. Kims Finger krallten sich in Franzis Oberarm. Sie zitterte. Maries hastige Atemzüge klangen unnatürlich laut in der Stille des Waldes. Die drei !!! waren wie gelähmt. Sie starrten das Tier an und das Tier starrte zurück. Franzi meinte, bernsteinfarbene Augen in der Dunkelheit aufleuchten zu sehen. Sie hätte nicht sagen können, wie lange es dauerte. Es hätte ein Moment sein können oder eine Stunde.

Irgendwann wandte sich das Tier ab und verschwand lautlos zwischen den Bäumen.

Franzi atmete zischend aus. »Das gibt's doch nicht!«

Kim zitterte immer noch. »War … war das ein Wolf?«

»Schon möglich.« Maries Stimme klang rau. »Was meinst du?«

Franzi zögerte. War es ein Wolf gewesen? Ihr Gefühl sagte Ja, aber hundertprozentig sicher war sie nicht. Es war einfach zu dunkel gewesen, um das Tier richtig zu erkennen. »Ich weiß es nicht«, gab sie zu. »Sollen wir nach Spuren suchen?« Sie zog ihr Handy aus der Jackentasche, aktivierte die Taschenlampen-App und ging mit weichen Knien den Pfad hinunter bis zu der Stelle, an der das Tier gestanden hatte. Der Lichtkegel huschte über das Farnkraut, dessen gezackte Blätter verzerrte Schatten auf die Erde warfen. Franzi ging in die Hocke und fuhr mit den Fingerspitzen über den Boden.

»Und?«, fragte Marie.

»Nichts!« Franzi stand auf und zuckte enttäuscht mit den Schultern. »In dem feuchten Laub gibt es keine Abdrücke.«

»Lasst uns weitergehen«, drängte Kim. »Wer weiß, ob er noch mal wiederkommt.«

Franzi ging voran und leuchtete mit dem Handy. Nach wenigen Minuten endete der Pfad. Farnkraut und Büsche wichen zurück und gaben den Blick auf hellgraue Felsen frei, die im Mondlicht wie flüssiges Silber glänzten. Sie erhoben sich kantig und spitz zwischen den Bäumen.

»Die alten Felsen«, flüsterte Kim.

»Glaubt ihr wirklich, die Jungs sind hier irgendwo?«, fragte Marie zweifelnd.

Auch Franzi kam dieser Ort so verwunschen und verlassen vor, dass sie sich kaum vorstellen konnte, Ole und Levin hier zu finden. Aber wo sie schon mal da waren, konnten sie sich auch ein wenig umschauen. Sie schwenkte das Handy von rechts nach links. Nichts als Dunkelheit, schroffe Felsen und schwarzer Waldboden. »Wo sollen wir anfangen zu suchen?«

»Am besten, wir gehen systematisch vor …«, begann Kim, aber Marie unterbrach sie.

»Da vorne ist was!«, zischte sie. »Mach mal das Licht aus.«

Franzi deaktivierte die App. Im Mondschein wirkten die Felsen wie seltsame, gezackte Riesen. Aber da war noch etwas anderes. Ein schwacher Lichtschein, der weiter hinten aus dem Fels drang. Gelbes Licht. Taschenlampenlicht.

Die drei !!! huschten im Schutz der Dunkelheit zu den Felsen hinüber. Franzi tastete sich am schroffen Stein entlang, immer auf das Licht zu. Da war eine Öffnung! Die Detektivinnen schlichen näher heran und lauschten. Kinderstimmen!

»Ich hab Hunger! Gibt's noch Schokolade?«

»Nee, die ist alle.«

»Ich will nach Hause!«

Schweigen, dann die andere Stimme: »Ich auch.«

Franzi nickte Kim und Marie zu. Hintereinander traten sie in die Höhle. Sie war nicht besonders groß und hatte eine niedrige Decke. Franzi musste den Kopf einziehen. Die Wände waren feucht und auf der Erde lagen Kiefernnadeln. Zwei Jungen in Matschhosen saßen dicht nebeneinander auf einem Lager aus Fichtenzweigen und zuckten erschreckt zusammen, als die Detektivinnen auftauchten. Vor ihnen stand eine kleine Blechkiste, auf der eine brennende Taschenlampe lag.

»Hallo, Jungs«, sagte Kim so sanft wie möglich. »Keine Angst, wir tun euch nichts.«

Marie lächelte den beiden zu. »Ich bin Marie, die Schwester von Finn. Ihr seid Ole und Levin, richtig?«

Die Jungen nickten. Sie starrten die drei !!! mit großen Augen an. Ihre Gummistiefel waren völlig verdreckt und sie sahen etwas verfroren aus, ansonsten schien ihnen nichts zu fehlen.

»Geht es euch gut?«, fragte Franzi.

»Ja, wir haben nur Hunger«, sagte der kleinere Junge. Er hatte schwarze Haare, eine Stupsnase und Sommersprossen.

»Du bist Ole, oder?«, fragte Marie. »Warum seid ihr aus dem Kindergarten abgehauen?«

Ole sah zu seinem Freund. Levin presste trotzig die Lippen aufeinander und schwieg.

»Wir haben eure Wolfsfalle gefunden«, sagte Kim. »Die ist ziemlich professionell gebaut. Ihr habt bestimmt lange gebraucht, um das Loch zu graben, oder?«

Levin zögerte kurz, dann nickte er. »Zwei Tage. Die Erde war ganz schön fest. Aber wir haben es trotzdem geschafft.«

»Doch dann ist euch nicht der Wolf, sondern Elli in die Falle getappt, stimmt's?«, fragte Franzi.

Ole nickte. »Sie hat ganz laut geschrien und dann kamen alle angerannt und Elli konnte nicht mehr laufen und sie hat die ganze Zeit gestöhnt und alle haben sich schreckliche Sorgen gemacht und Falk wollte einen Krankenwagen rufen und …« Er holte Luft. In seinen Augen glänzten Tränen. »Das wollten wir doch alles gar nicht«, fügte er leise hinzu.

»Natürlich nicht.« Kim strich dem Jungen über den Kopf. »Ihr wolltet niemandem schaden. Abgesehen vom Wolf natürlich.«

»Opa hat gesagt, Wölfe haben in unserem Wald nichts zu suchen.« Levin wischte sich mit dem Jackenärmel die Nase ab. »Weil sie das Wild auffressen. Darum wollte ich den Wolf einfangen.«

»Bist du öfter hier in der Höhle?«, fragte Marie.

»Klar! Die Höhle gehört mir«, sagte Levin stolz. »Ich hab sie gefunden, als ich mal mit Opa durch den Wald gelaufen bin. Ich bin oft hier und spiele Indianer oder Räuber. Ich hab sogar was zu essen, für Notfälle.« Er öffnete die Blechkiste, in der zwei leere Trinkpäckchen und ein zerknülltes Schokoladenpapier lagen. »Also, jetzt ist natürlich nichts mehr da, weil wir alles aufgegessen haben.«

Wie aufs Stichwort knurrte Oles Magen. »Ich hab Hunger«, jammerte er.

»Hier!« Kim zog zwei Schokoriegel aus ihrer Jackentasche und reichte sie den Jungs. »Ich hab auch immer was zu essen dabei, für Notfälle.«

Ole und Levin rissen das Papier ab und bissen hungrig in die Riegel.

»Lecker!«, nuschelte Ole.

»Wisst ihr eigentlich, dass alle nach euch suchen?«, fragte Marie. »Eure Eltern machen sich riesige Sorgen!«

Levin schien kein sonderlich schlechtes Gewissen zu haben. »Meine Höhle ist ein super Versteck, oder? Außerdem hab ich unsere Spuren verwischt.«

»Wie das denn?«, fragte Franzi.

»Wir sind bis zum Bach gelaufen und dann ins Wasser rein«, erklärte Ole. »Das ist total flach.«

»Wenn man durchs Wasser läuft, hinterlässt man keine Fährte«, ergänzte Levin. »Das hab ich mal im Fernsehen gesehen. So kann man seine Verfolger abhängen.«

Franzi dachte an die Hunde, die unverrichteter Dinge wieder umgekehrt waren, und schüttelte amüsiert den Kopf. »Ihr seid ja zwei echte Experten.«

Plötzlich ertönte ein Knall in der Ferne. Sein Echo hallte unheimlich von den Höhlenwänden wider.

Kim zuckte zusammen. »Was war das?«

»Klang wie ein Schuss«, sagte Marie.

»Wahrscheinlich ein Jäger«, sagte Levin. »Hier im Wald gibt es eine Menge Wild. Damwild und Rehe haben gerade Schonzeit, aber Schwarzwild darf man jagen.«

»Schwarzwild?«, fragte Marie.

»Wildschweine«, erklärte Franzi. Sie lächelte Levin zu. »Du kennst dich ja wirklich gut aus.«

»Klar!« Levin reckte sich. »Mein Opa ist ja auch Jäger.«

»Also, ich rufe jetzt Kommissar Peters an.« Kim zückte ihr Handy. »Hoffentlich telefoniert er nicht immer noch mit seinem Chef.« Aber Peters meldete sich sofort und Kim brachte ihn in knappen Worten auf den neusten Stand. Grinsend beendete sie das Gespräch. »Er ist fast vom Stuhl gefallen, als er gehört hat, dass wir die Jungs gefunden haben«, erzählte sie. »Die Suche wird sofort abgebrochen und er informiert eure Eltern. Die holen euch gleich hier ab.«

Ole seufzte erleichtert. »Dann müssen wir also nicht in der Höhle übernachten?«

»Nein, ihr dürft in euren Betten schlafen«, sagte Marie.

»Ob wir großen Ärger kriegen?«, fragte Levin nun doch etwas besorgt.

»Wahrscheinlich sind eure Eltern erst mal einfach nur froh, euch wiederzuhaben«, vermutete Franzi. »Aber spätestens morgen werden sie bestimmt ein ernstes Wörtchen mit euch reden. Schließlich rennt man nicht einfach weg, wenn man etwas angestellt hat.«

»Ich weiß.« Levin machte ein zerknirschtes Gesicht. »Wie geht es Elli? Wird sie wieder gesund?«

»Sie hat eine Bänderdehnung«, sagte Kim. »Das ist ziemlich schmerzhaft, aber es heilt wieder.«

»Kommt, wir warten draußen auf eure Eltern.« Franzi rieb sich die Hände. Ihre Finger waren ganz steif. Die feuchte Kälte in der Höhle war alles andere als angenehm.

Franzi trat aus der Höhle. Sie blickte in den Himmel, der sich über dem Wald wölbte und voll blinkender Sterne war. Er sah wunderschön aus. Erst jetzt merkte Franzi, wie müde sie war. Sie gähnte und freute sich auf eine heiße Dusche und ihr warmes Bett. Für heute hatten sie wirklich genug geleistet!

☀ Eine neue Spur

Der nächste Tag war ein Samstag und Franzi konnte ausschlafen. Als sie um kurz nach zehn mit zerzausten Haaren im Schlafanzug in die Küche schlurfte, kochte sich ihr Vater gerade seinen Vormittagskaffee.

»Guten Morgen, du Murmeltier!«, begrüßte er seine Tochter fröhlich. »Gut geschlafen?«

Franzi nickte gähnend. Nach der Aufregung des gestrigen Tages fühlte sie sich immer noch etwas erschöpft, aber erfahrungsgemäß verflog die Müdigkeit spätestens nach dem Frühstück. Gestern Abend hatte sich Franzi nur noch schnell einen Tee und ein Käsebrot gemacht, heiß geduscht und war danach wie ein Stein ins Bett gefallen. Darum hatte sie jetzt einen Bärenhunger. Sie ging zum Kühlschrank, holte Butter, Frischkäse, Tomaten, Milch und einen Apfel heraus und trug alles zum Esstisch.

»Wir haben schon gefrühstückt«, sagte Herr Winkler. »Mama ist in der Backstube. Übrigens bin ich wirklich stolz auf dich. Ich finde es toll, dass ihr bei der Suche nach den beiden Jungs geholfen und sie sogar gefunden habt.«

»Danke!« Franzi freute sich über das Lob.

Winklers waren erst etwas sauer gewesen, weil ihre Tochter so spät nach Hause gekommen war. Aber als Franzi ihnen alles erzählt hatte, hatten sie auf eine Standpauke verzichtet.

»Die Eltern der Jungs waren bestimmt sehr erleichtert, oder?«, fragte Herr Winkler.

Franzi nickte. »Und wie!«

Während sie ein Brötchen mit Butter und Frischkäse bestrich, dachte sie daran, wie Oles und Levins Eltern ihre Söhne in die Arme genommen hatten. Oles Mutter hatte geweint und Levins Eltern wollten ihren Sohn gar nicht mehr loslassen. Sie hatten sich tausendmal bei den drei !!! bedankt und vor lauter Freude ganz vergessen, mit ihren Söhnen zu schimpfen. Franzi grinste. Ein Glück für Ole und Levin!

Franzis Vater setzte sich mit seiner Kaffeetasse zu ihr an den Tisch. »Hast du heute noch was vor?«

Franzi zuckte mit den Schultern. »Ich weiß noch nicht. Vielleicht mache ich einen Ausritt auf Tinka. Und du?« Sie biss in ihr Brötchen und kaute genüsslich.

»Ich hab gleich noch einen Patienten.« Herr Winkler trank einen Schluck Kaffee.

»Am Samstag?«

»Ja, eine Nachsorge. Der kleine Dackel mit der verletzten Pfote, erinnerst du dich?«

Franzi nickte. »Klar! Wie geht es Moritz?«

»Gut, hoffe ich. Ich will mir heute seine Pfote noch mal anschauen und den Verband wechseln.«

»Ist Max eigentlich inzwischen wieder aufgetaucht?« Franzi dachte mit einem Anflug von schlechtem Gewissen an Frau Schöne. In dem Trubel um die verschwundenen Jungs hatte sie gestern gar nicht mehr an den Dackel gedacht.

Herr Winkler schüttelte den Kopf. »Leider nicht. Frau Schöne ist völlig verzweifelt. Sie glaubt immer noch, der Wolf hat sich den Dackel geholt.«

Franzi musste an die seltsame Begegnung gestern Abend im Wald denken. Bei der Erinnerung an das große, graue Tier stellten sich ihr sämtliche Nackenhaare auf. »Und was glaubst du?«

Herr Winkler rührte nachdenklich in seinem Kaffee. »Ich kann mir das immer noch nicht vorstellen. Aber es ist natürlich auch nicht auszuschließen. Wölfe sind nun mal Raubtiere.«

»Wo könnte Max sonst sein?«, fragte Franzi. »Hast du eine Idee?«

»In seiner Panik könnte er überall hingelaufen sein.«

»Hat er eigentlich schon immer bei Frau Schöne gelebt?«, erkundigte sich Franzi aus einer Eingebung heraus.

»Nein, früher hat er einer Familie in Billershausen gehört. Aber sie mussten ihn abgeben, weil die jüngste Tochter eine Tierhaarallergie hatte. Ich hab den Kontakt zu Frau Schöne hergestellt, weil sie gerne einen zweiten Dackel haben wollte, damit ihr Moritz nicht so allein ist.«

Franzi war mit einem Schlag hellwach. »Wann war das?«

Ihr Vater überlegte. »Vor einem halben Jahr etwa. Wieso? Meinst du etwa …?«

Franzi nickte. »Klar! Bestimmt ist Max vor Schreck nach Billershausen gelaufen. Zurück zu seiner alten Familie. Oder ist das zu weit für einen Dackel?«

»Nicht unbedingt. Max ist gut in Form, er könnte die Strecke durchaus schaffen.«

Billershausen, das Dorf, in dem auch Franzis Oma Lotti gelebt hatte, lag einige Kilometer von der Stadt entfernt in der Nähe des Freizeitparks *Sugarland*.

In Franzis Magen kribbelte es vor lauter Aufregung. Endlich eine Spur! Sie mussten ihr so schnell wie möglich nachgehen.

Sie warf einen Blick zum Fenster hinaus, durch das man den Stall sehen konnte. Also würde aus dem Ausritt auf Tinka wieder nichts werden. »Wie heißt die Familie, bei der Max gelebt hat?«

»Schaffer. Die ältere Tochter heißt Annika und die jüngere Johanna, wenn ich mich richtig erinnere.« Herr Winkler runzelte die Stirn. »Aber Schaffers hätten sich doch bestimmt längst bei Frau Schöne gemeldet, wenn Max bei ihnen aufgetaucht wäre.«

Franzi überlegte. »Ja, eigentlich schon. Vielleicht aber auch nicht.«

»Warum nicht?«

Franzi zuckte mit den Schultern. »Keine Ahnung. Ist nur so ein Gefühl. Manchmal tun Menschen eben seltsame Dinge.«

Herr Winkler trank seinen Kaffee aus. »Ich muss in die Praxis. Frau Schöne kommt gleich.«

»Erzähl ihr bitte noch nichts von meinem Verdacht«, bat Franzi. »Sonst macht sie sich vielleicht falsche Hoffnungen.«

»Soll ich gleich mal bei Familie Schaffer anrufen und sie nach Max fragen?«, bot Herr Winkler an.

Franzi schüttelte den Kopf. »Lieber nicht. Ich kümmere mich darum, okay?«

»Von mir aus.« Herr Winkler stellte seine leere Kaffeetasse in die Spülmaschine und winkte seiner Tochter zu. »Bis später!«

Franzi aß schnell ihr Brötchen auf und spülte es mit einem großen Glas Milch hinunter. Dann schrieb sie eine SMS an Kim und Marie, räumte in Windeseile den Tisch ab und griff nach dem Apfel. Den konnte sie unterwegs essen.

Als sie gerade im Flur nach ihrer Jacke greifen wollte, hielt sie mitten in der Bewegung inne und musste plötzlich lachen. »Franziska Winkler«, murmelte sie. »Wie wäre es, wenn du dich erst anziehst, bevor du das Haus verlässt?«

Eine halbe Stunde später hatte Franzi den Pyjama gegen Jeans, Sweatshirt und Jacke getauscht und stand an ihrem Apfel kauend an der Bushaltestelle. Der Himmel war bewölkt und es sah nach Regen aus, deshalb hatten die Detektivinnen beschlossen, mit dem Bus zu fahren.

Auf die Minute pünktlich hielt der Bus an der Haltestelle. Franzi entdeckte Kims und Maries Gesichter hinter der Scheibe und winkte ihnen zu. »Guten Morgen!«, begrüßte sie ihre Freundinnen. »Ausgeschlafen?«

»Geht so.« Kim seufzte. »Ben hat heute ein Fußballturnier mit seiner Auswahlmannschaft. Er musste schon um kurz nach acht los und ist so laut die Treppe hinuntergepoltert, dass ich fast aus dem Bett gefallen bin.«

Kims Zwillingsbruder Ben und Lukas waren begeisterte Fußballer und meistens ein Herz und eine Seele. Seit Ben in die Auswahlmannschaft aufgenommen worden war und Lukas nicht, gab es allerdings häufiger Streit zwischen den beiden. Lukas war eifersüchtig auf seinen Bruder und Ben stresste das viele Extra-Training mehr, als er zugeben wollte.

Franzi lachte. »Du Arme!«

»Außerdem hätte meine Mutter mich fast nicht weglassen«, sagte Kim. »Sie war richtig sauer, weil ich gestern so spät nach Hause gekommen bin.«

»Hast du ihr nicht erzählt, was los war?«, fragte Marie.

»Doch, aber sie fand, wir hätten die Suche nach den Jungs der Polizei überlassen sollen.«

Frau Jülich konnte nicht nur ziemlich streng sein, wenn es um Essenszeiten und Hausaufgaben ging, sie war auch stets in Sorge, Kim könnte sich mit dem Detektivclub in Gefahr begeben.

»Oma Agnes hat mir auch einen Vortrag über Pünktlichkeit und die Wichtigkeit gemeinsamer Familienmahlzeiten gehalten.« Marie seufzte. »Lange halte ich das nicht mehr aus.«

»Was ist denn jetzt mit dieser Familie in Billershausen?«, erkundigte sich Kim. »Deine Nachricht klang ja ziemlich geheimnisvoll.«

Franzi erzählte kurz, was sie von ihrem Vater erfahren hatte.

»Es könnte doch gut sein, dass Max zu seiner alten Familie gelaufen ist«, schloss sie ihren Bericht.

»Schon möglich.« Kim nickte langsam. »Aber dein Vater hat recht, in diesem Fall hätte sich die Familie sicher schon gemeldet.«

»Wir müssen das trotzdem überprüfen«, beharrte Franzi. »Eine andere Spur haben wir nicht.«

»Okay«, sagte Marie. »Wie gehen wir vor?«

»Ich hab die Adresse der Familie aus dem Internet herausgesucht. Am besten, wir klingeln einfach und fragen sie. Dann werden wir ja sehen, wie sie reagieren und ob Max bei ihnen ist.«

Kim und Marie waren einverstanden.

»War David eigentlich sehr enttäuscht, als du eure Verabredung gestern abgesagt hast?«, fragte Franzi, während der Bus zwischen Feldern und Wiesen entlangfuhr.

»Ein bisschen schon.« Kim zuckte mit den Schultern. »Aber die Ermittlungen gehen nun mal vor. Wir holen den DVD-Abend einfach irgendwann nach.«

In Billershausen stiegen die Detektivinnen an der Kirche aus. Das Haus von Familie Schaffer war nicht schwer zu finden. Es lag direkt neben dem *Dorfkrug*, einem ehemaligen Gasthof, der schon vor einigen Jahren zugemacht hatte.

»Wie hübsch!« Franzi betrachtete das Haus der Schaffers, eine alte Bauernkate, die liebevoll restauriert worden war. Die Fachwerkfassade erstrahlte in hellem Weiß, das einen hübschen Kontrast zu den dunkelbraunen Holzbalken bildete, die kleinen Sprossenfenster waren sauber geputzt und in den Blumenkästen auf den Fensterbänken blühten Geranien.

Franzi klingelte und kurze Zeit später öffnete ein blondes Mädchen mit Pferdeschwanz die Tür. Es war vielleicht sechs Jahre alt. »Johanna?«, fragte Franzi auf gut Glück.

Das Mädchen nickte. »Und wer bist du?«

»Hallo, ich bin Franzi«, stellte sich Franzi vor. »Das sind meine Freundinnen Kim und Marie. Dürfen wir kurz reinkommen?«

Johanna überlegte. »Weiß nicht.«

»Wer ist denn da?« Eine zierliche blonde Frau erschien hinter dem Mädchen. »Hallo, was kann ich für euch tun?«

Franzi wiederholte die Vorstellung.

»Franziska Winkler?«, fragte Frau Schaffer. »Bist du die Tochter vom Tierarzt?«

Franzi nickte. »Wir kommen wegen Max. Haben Sie einen Moment Zeit?«

»Natürlich, kommt rein.« Frau Schaffer führte die Detektivinnen ins Wohnzimmer. Auf dem Sofa hatte es sich ein Mädchen, das etwas jünger als die drei !!! war, im Schneidersitz bequem gemacht und war in ein Pferdebuch versunken.

»Das ist Annika, unsere Große.«

»Hallo«, murmelte Annika, ohne den Blick von den Buchseiten zu nehmen.

»Kommt Max wieder zu uns zurück?«, fragte Johanna hoffnungsvoll.

Frau Schaffer strich ihr über den Kopf. »Nein, mein Schatz. Max hat jetzt ein anderes Zuhause, das weißt du doch.«

»Manno!« Johanna zog eine Schnute und nieste.

Annika sah von ihrem Buch auf. »Was ist mit Max?«

»Er ist weggelaufen.« Franzi berichtete kurz, was geschehen war. »Seitdem er im Wald verschwunden ist, hat ihn niemand mehr gesehen. Seine Besitzerin Frau Schöne macht sich große Sorgen und wir helfen ihr bei der Suche.«

»Ist er vielleicht bei Ihnen aufgetaucht?«, fragte Marie. »Manchmal laufen Hunde ja zu ihren ehemaligen Besitzern zurück.«

Frau Schaffer schüttelte den Kopf. »Nein, hier war er nicht. Armer Max! Hoffentlich taucht er bald wieder auf.«

»Ist Max tot?« Johanna schniefte und zog die Nase hoch.

»Wahrscheinlich hat er sich nur verlaufen«, beruhigte Kim das Mädchen.

Frau Schaffer seufzte. »Wir haben den Hund alle sehr gerngehabt. Vor allem die Kinder waren furchtbar traurig, als wir ihn abgeben mussten. Aber es ging leider nicht anders.«

»Mein Vater hat mir von der Tierhaarallergie erzählt«, sagte Franzi. »Wer von euch beiden ist denn allergisch?«

»Ich!«, rief Johanna. »Gegen Hunde, Pferde, Katzen, Kaninchen, Meerschweinchen und Hamster. Ich muss dann ganz doll niesen und manchmal krieg ich sogar keine Luft mehr.« Sie klang fast ein bisschen stolz.

»Wir haben erst versucht, die Allergie mit Medikamenten in den Griff zu bekommen«, erzählte Frau Schaffer. »Aber die Tabletten machen furchtbar müde, das wollten wir Johanna auf Dauer nicht zumuten. Deshalb blieb uns nichts anderes übrig, als Max wegzugeben.«

Franzi sah zu Annika, die bisher kaum etwas gesagt hatte. Sie kaute auf einer langen blonden Haarsträhne herum und ihr Blick wanderte nervös zwischen Kim, Franzi und Marie hin und her.

»Du hast Max auch nicht gesehen?«, fragte Marie.

Annika zuckte zusammen. »Ich? Nein!«

Die Antwort kam etwas zu schnell. Warum war sie so angespannt?

»Falls der Hund bei uns vor der Tür steht, melden wir uns natürlich sofort«, versicherte Frau Schaffer.

»Danke.« Franzi nickte Annika und Johanna zu. »Tschüss, ihr beiden!«

Zum Abschied nieste Johanna dreimal hintereinander. Die drei !!! verließen das Haus und gingen zurück zur Kirche. An der Bushaltestelle blieben sie stehen.

Marie seufzte. »Es wäre ja auch zu einfach gewesen, wenn uns Max fröhlich bellend entgegengesprungen wäre.«

»Ich hab trotzdem ein komisches Gefühl«, sagte Franzi. »Glaubt ihr, Schaffers haben die Wahrheit gesagt?«

»Frau Schaffer auf jeden Fall.« Kim blinzelte in die Sonne,

die nun doch noch hinter den Wolken hervorkam. »Johanna auch. Bei kleinen Kindern merkt man es meistens sofort, wenn sie lügen.«

»Annika war ziemlich still«, stellte Marie fest.

Franzi nickte. »Und sie wirkte irgendwie nervös. Als wenn sie etwas zu verbergen hätte.«

»Ist euch aufgefallen, dass Johanna mehrmals geniest hat?«, fragte Kim. »Außerdem hat sie sich die Augen gerieben. Das könnte auf eine allergische Reaktion hinweisen.«

»Also war Max doch im Haus!«, rief Franzi.

»Vielleicht hat Johanna auch nur eine Erkältung«, sagte Marie.

»Das kann natürlich sein«, stimmte Kim zu. »Trotzdem wäre es gut, Annika im Auge zu behalten. Wenn sie wirklich ein Geheimnis hat, haben wir sie mit unserem Besuch vielleicht aufgeschreckt und sie verrät sich.«

»Sollen wir das Haus überwachen?«, fragte Franzi.

Kim nickte. »Ich hab allerdings nur noch eine Stunde Zeit.« Sie zog eine Grimasse. »Ich musste meiner Mutter hoch und heilig versprechen, pünktlich zum Mittagessen zu Hause zu sein. Sie flippt aus, wenn ich schon wieder zu spät komme.«

»In einer Stunde kann viel passieren«, sagte Franzi zuversichtlich.

Sie konnte nicht wissen, wie recht sie damit hatte.

Annikas Geheimnis

»Achtung, sie kommt!« Franzi wich in den Schatten des Hauseingangs zurück.

Es war nicht einfach gewesen, auf der ruhigen Dorfstraße einen geeigneten Beobachtungsposten zu finden. Kein einziges Auto parkte am Straßenrand und es gab weder Litfaßsäulen noch Müllcontainer, hinter denen man sich verstecken konnte. Schließlich hatten die Detektivinnen im Hauseingang der geschlossenen Dorfgaststätte Deckung gesucht. Die Tür war mit einem Vorhängeschloss gesichert, davor hatten sich welke Blätter vom letzten Herbst gesammelt. Aus dem Briefkasten quollen Prospekte und Werbesendungen. Hier war schon lange niemand mehr ein und aus gegangen. Die drei !!! hatten Glück. Nach nur einer Viertelstunde Wartezeit öffnete sich die Tür des Nachbarhauses und Annika kam heraus. Sie zog sich im Gehen eine Strickjacke über und ging die Straße hinunter. Franzi, Kim und Marie ließen ihr etwas Vorsprung und nahmen die Verfolgung auf.

An einem Samstag zur Mittagszeit war in Billershausen kaum etwas los. Ab und zu fuhr ein Auto die Dorfstraße entlang. Auf dem Bürgersteig war nur eine getigerte Katze unterwegs, die die drei !!! gelangweilt ansah, bevor sie elegant auf einen Jägerzaun sprang, um in dem dahinterliegenden Garten zu verschwinden. So konnten die Detektivinnen ihre Zielperson zwar gut im Blick behalten, wurden aber auch selbst sofort entdeckt, falls Annika sich umdrehen sollte.

»Vorsicht!«, zischte Kim, als Annika vor dem Überqueren

der Straße kurz nach links und rechts sah. Die Detektivinnen gingen hinter einem Stromkasten in Deckung. Zum Glück war Annika so in Gedanken versunken, dass sie ihre Verfolgerinnen nicht bemerkte. Sie steuerte mit eiligen Schritten einen kleinen Supermarkt an. Die Verkäuferin holte gerade die Obst- und Gemüsekisten von draußen herein, weil das Geschäft pünktlich um zwölf Uhr schloss.

»Sollen wir auch reingehen?«, fragte Marie.

Kim schüttelte den Kopf. »Zu gefährlich. Wir warten draußen.«

Wenige Minuten später kam das Mädchen wieder heraus. Sie trug eine durchsichtige Plastiktüte, in der zwei Konservendosen lagen. Hatte sie etwas fürs Mittagessen eingekauft? Aber Annika ging nicht zurück nach Hause, sondern folgte der Dorfstraße weiter ortsauswärts.

»Sie hat Hundefutter gekauft!«, zischte Kim, während sie der Verdächtigen folgten. »Ich kenne die Dosen! Pablo bekommt das gleiche Futter.«

Franzis Herzschlag beschleunigte sich. Bisher war die Spur nur sehr vage gewesen. Ein paar Nieser und Franzis Bauchgefühl, mehr hatten sie nicht in der Hand gehabt. Die Dosen waren endlich ein handfester Hinweis.

Wohin wollte Annika?

Das Mädchen bog an der nächsten Ecke in eine schmale Straße ein, die an kleinen Häusern und Gärten vorbei zu einem verwilderten Gelände am Rand des Dorfes führte. Auf der Wiese wuchsen Wildblumen und struppige Sträucher. Neben einem Gebüsch hatte jemand Teppichreste, alte Autoreifen und anderen Müll entsorgt.

Während sich die drei !!! hinter dem Reifenstapel duckten, lief Annika zielstrebig auf einen alten Schuppen zu, der hinter hohen Haselnusssträuchern verborgen war und so baufällig aussah, als könnte er jeden Moment in sich zusammenfallen. Annika öffnete die morsche Tür und ein Hund sprang heraus. Fröhlich bellend hüpfte er um das Mädchen herum und leckte an seinen Händen.

»Max!«, flüsterte Franzi. Der Hund lebte! Es ging ihm gut! Franzi war so erleichtert, dass sie Kim und Marie am liebsten umarmt hätte. Sie konnte es einfach nicht ertragen, wenn Tieren etwas zustieß. Aber jetzt mussten sie sich erst mal um andere Dinge kümmern.

Schnell überquerten die Detektivinnen die Wiese. Annika war so mit dem Dackel beschäftigt, dass sie immer noch nichts bemerkte. Sie fuhr erschreckt herum, als sie Kims Stimme hinter sich hörte.

»Hallo, Annika. Das ist ja eine Überraschung!«

»Wie … was …«, stammelte Annika, während Max die Detektivinnen mit einem Schwanzwedeln begrüßte.

»Wir sind dir gefolgt«, erklärte Franzi. »Hier hast du Max also die ganze Zeit versteckt. Du hast uns angelogen!«

Annika stiegen Tränen in die Augen. Sie versuchte, sie wegzublinzeln, aber es gelang ihr nicht. Eine Träne nach der anderen rollte über ihre Wange. »Ich wollte nicht, dass ihr Max mitnehmt. Er soll bei mir bleiben!«

»Hast du ihn etwa die ganze Zeit in diesen kleinen Schuppen gesperrt?«, fragte Franzi wütend. »Das ist Tierquälerei!«

»Nein!«, schluchzte Annika. »Ich war gestern ganz lange mit ihm draußen und heute früh auch schon. Ich hab ihn so oft wie möglich besucht und ihm zweimal täglich Futter gebracht.« Sie zeigte auf die Tüte mit den Dosen. »Das hab ich von meinem Taschengeld gekauft. Max sollte es doch gut bei mir haben.« Sie schlang die Arme um den Dackel.

»Du hast Max sehr vermisst, oder?«, fragte Marie.

Annika nickte. »Ich hab jeden Tag an ihn gedacht, seit wir ihn weggeben mussten. Darum hab ich mich auch so gefreut, als er vorgestern plötzlich vor der Tür stand. Er war total dreckig und müde.«

»Kein Wunder, er ist ja auch die ganze Strecke bis nach Billershausen gelaufen«, sagte Franzi. »Eine ordentliche Leistung für so einen kleinen Kerl.« Sie ging in die Hocke und streichelte den Dackel. Max leckte ihr dankbar die Finger. Franzi musste lachen und ihre Wut auf Annika verrauchte so schnell, wie sie gekommen war.

»Wissen Johanna und deine Eltern, dass Max hier ist?«, fragte Marie.

»Nein, natürlich nicht! Meine Mutter hätte sofort die neue Besitzerin angerufen und Max wäre abgeholt worden. Das wollte ich nicht! Zum Glück waren Mama, Papa und Johanna gerade beim Einkaufen, als Max aufgetaucht ist.«

»Du hast ihn ins Haus gelassen, stimmt's?«, fragte Kim.

Annika nickte. »Er hatte riesigen Hunger und Durst. Ich hab ihm Wasser und was zu fressen gegeben. Ganz hinten in der Speisekammer stand noch eine alte Dose Hundefutter.«

»Und wie bist du auf die Idee mit dem Schuppen gekommen?«

Annika kraulte den Dackel hinter den Ohren. »Ich wollte Max irgendwo verstecken. Bei uns zu Hause konnte er ja nicht bleiben. Da ist mir der alte Schuppen eingefallen. Hier hab ich früher manchmal gespielt. Ich hab mir Max geschnappt und ihn schnell hergebracht. Ich hab ihm ein gemütliches Lager aus einer alten Decke gebaut und ihn jeden Tag besucht. Wir haben auf der Wiese gespielt und sind im Wald spazieren gegangen. Niemand hat etwas gemerkt!«

»Aber die Hundehaare, die Max in eurem Haus und an deinen Kleidern hinterlassen hat, haben bei Johanna eine allergische Reaktion ausgelöst«, stellte Kim fest. »Deshalb musste sie so oft niesen.«

»Das wollte ich nicht!« Annika war das schlechte Gewissen deutlich anzusehen. »Immerhin hat sie keine Atemnot bekommen. Mama und Papa dachten, sie kriegt eine Erkältung.«

»Du musst Max zurückgeben, das ist dir doch klar, oder?«, fragte Marie. »Er gehört Frau Schöne und sie vermisst ihn sehr.«

»Außerdem kannst du den Hund nicht ewig in diesem Schuppen halten«, fügte Franzi hinzu.

»Ich weiß.« Annika ließ den Kopf hängen. »Ich hatte gehofft, mit der Zeit würde mir eine Lösung einfallen. Ich hab Max doch so lieb!« Sie schluchzte und wieder begannen die Tränen zu fließen.

Franzi hätte am liebsten mitgeweint. Sie konnte Annikas Kummer so gut nachfühlen. Es war schrecklich, ein geliebtes Tier zu verlieren. Wenn sie Tinka oder Polly abgeben müsste, wäre sie auch am Boden zerstört. »Warum besuchst du Max nicht ab und zu?«, schlug sie vor. »Frau Schöne hat bestimmt nichts dagegen.«

Annikas Augen leuchteten auf. »Glaubst du, das geht? Als wir Max weggegeben haben, meinten Mama und Papa, es wäre einfacher für uns, wenn wir ihn erst mal nicht sehen.«

»Rede mit deinen Eltern«, riet Kim. »Sag ihnen, wie sehr dir Max fehlt und warum du ihn hier versteckt hast.«

Annika seufzte. »Muss ich ihnen das wirklich erzählen? Sie werden garantiert total sauer.«

»Ach was, so schlimm wird es schon nicht werden«, sagte Franzi. »Sie verstehen dich bestimmt. Schließlich mögen sie Max auch.« Der kleine Hund bellte zustimmend.

»Am besten, du verabschiedest dich jetzt von Max«, sagte Kim. »Wir müssen ihn zu Frau Schöne zurückbringen.«

»Jetzt schon?« Annika drückte den Dackel an sich. »Kann er nicht noch eine Nacht hierbleiben?«

Marie schüttelte den Kopf. »Das geht leider nicht. Aber du siehst ihn ja sicher bald wieder.«

Annika gab Max einen Kuss auf jedes Schlappohr. Der Dackel winselte und leckte ihr über das Gesicht. »Mach's gut, mein Kleiner«, sagte sie leise. »Sei schön brav. Bis bald hoffentlich.«

Traurig winkte Annika den drei !!! hinterher, als sie sich mit Max auf den Weg zur Bushaltestelle machten.

»Arme Annika«, sagte Franzi. »Es war zwar nicht richtig, was sie getan hat, aber ich kann sie trotzdem verstehen.« Der Dackel lief auch ohne Leine brav neben ihr her.

»Ich auch«, sagte Kim. »Hoffentlich müssen wir Pablo niemals abgeben.«

An der Haltestelle warf Marie einen Blick auf den Fahrplan. »Der Bus kommt in fünf Minuten.« Sie setzte sich auf die

Bank, zog ihr Smartphone aus der Tasche und las die neuen Nachrichten, die in der Zwischenzeit eingegangen waren.

»Ist etwas Wichtiges dabei? Die ultimative Filmrolle aus Hollywood vielleicht?«, stichelte Franzi, der es manchmal ziemlich auf die Nerven ging, dass Marie ständig auf ihr Handy sah. »Oder das Angebot für deinen ersten Plattenvertrag?«

»Nein, weder noch.« Marie steckte das Handy weg, ohne auf Franzis Seitenhieb einzugehen. »Nur eine Absage von Holger.«

»Wart ihr heute noch verabredet?«, fragte Kim.

Marie nickte. »Wir wollten nachmittags in die Stadt gehen, ein bisschen bummeln und Eis essen. Aber jetzt kann er doch nicht. Er muss zum Parkouring.«

»Warum denn?«, fragte Franzi.

»Er trainiert gerade für einen Wettkampf, der demnächst stattfindet.«

»Das ist ja blöd«, sagte Kim. »Bist du sehr enttäuscht?«

Marie zuckte mit den Schultern und setzte eine betont gleichgültige Miene auf. »Ach was, ich mache mir stattdessen einfach einen gemütlichen Wellness-Nachmittag zu Hause.«

Franzi sah sie prüfend an. Marie war zwar eine tolle Schauspielerin, aber ihren Freundinnen konnte sie trotzdem nichts vormachen. »Bist du eigentlich manchmal noch eifersüchtig?«, fragte sie vorsichtig.

Marie biss sich auf die Unterlippe. Ihre Antwort kam erst nach kurzem Zögern. »Na ja … ab und zu schon.« Sie seufzte. »Ich kann es einfach nicht abstellen! Dabei hatte ich mir doch fest vorgenommen, Holger mehr zu vertrauen.«

Seit sich Holger in ein Mädchen namens Selma verliebt hatte, war Maries Vertrauen in ihren Freund stark angeknackst. Er hatte Selma beim Parkouring kennengelernt und war eine Weile mit ihr zusammen gewesen. Obwohl die beiden längst getrennt waren und Holger sich eindeutig für Marie entschieden hatte, zweifelte sie noch manchmal an seinen Gefühlen.

»Das ist doch ganz normal«, sagte Kim. »Du musst die Geschichte mit Selma schließlich erst mal verarbeiten. So etwas braucht Zeit.«

»Meinst du?« Marie spielte mit dem kleinen Schwanenanhänger, der an einer Kette um ihren Hals hing. Die Kette war ein Geschenk von Holger. »Ich hasse diese blöde Eifersucht! Sie ist wie ein schleichendes Gift, das einen lähmt. Manchmal kann ich an nichts anderes denken. Was, wenn er beim Parkouring-Training wieder was mit Selma anfängt?«

»Er hat sich für *dich* entschieden«, sagte Franzi nachdrücklich. »Mit Selma läuft nichts mehr, da bin ich mir sicher.«

»Ich wollte, das wäre ich auch.« Marie ließ die Kette los. »Am liebsten würde ich heimlich zum Trainingsgelände fahren und nachsehen.«

»Du willst Holger hinterherspionieren?«, fragte Kim. »Das halte ich für keine gute Idee.«

»Ich auch nicht«, sagte Franzi. »So eine Aktion wäre ziemlich schäbig und außerdem unter deiner Würde. Das hast du doch gar nicht nötig! Davon abgesehen wäre Holger garantiert stinksauer, wenn er davon Wind bekommt.«

Marie sackte in sich zusammen und starrte auf den Boden. »Ihr habt recht«, murmelte sie.

Franzi setzte sich neben sie und legte ihr den Arm um die Schultern. »Es ist doch völlig verständlich, solche Gedanken zu haben, nach allem, was passiert ist.«

»Genau.« Kim ließ sich auf der anderen Seite von Marie nieder. »Ich kann dich total gut verstehen. Mir würde es wahrscheinlich genauso gehen. Die Hauptsache ist doch, dass du nur überlegst, Holger nachzuspionieren, es aber nicht wirklich tust.«

Marie nickte langsam. »Stimmt!« Sie straffte die Schultern. »Ich werde diese verdammte Eifersucht überwinden. Und wenn es das Letzte ist, was ich tue!«

Verbotene Jagd

»Ich weiß gar nicht, wie ich euch danken soll!« Frau Schöne strahlte über das ganze Gesicht. Max hatte sie stürmisch begrüßt und tollte jetzt mit Moritz im Garten herum. Die Hunde rannten wie die Wilden über den Rasen, schlugen Haken und versuchten, einander zu fangen.

Franzi lachte. »Max scheint sich auch zu freuen, wieder hier zu sein.«

Franzi und Marie hatten es übernommen, den Hund zurückzubringen. Kim war schnell nach Hause gefahren, um es noch pünktlich zum Mittagessen zu schaffen.

»Und Max ist tatsächlich den ganzen Weg bis Billershausen gelaufen?«, fragte Frau Schöne ungläubig. »Das gibt's doch nicht!«

Marie nickte. »Ziemlich sportlich, der kleine Kerl.«

»Annika und Johanna vermissen den Hund furchtbar«, sagte Franzi. »Sonst wäre Annika bestimmt nicht auf die Idee gekommen, Max zu verstecken. Ich hoffe, Sie sind ihr nicht böse.«

»Ach was, überhaupt nicht!« Frau Schöne winkte ab. »Ich kann sie sogar verstehen. Ein Herz für Hunde hat man oder man hat es nicht. Gefühle lassen sich nicht einfach abstellen.«

»Darf Annika Max denn vielleicht ab und zu besuchen?«, fragte Franzi.

»Natürlich! Warum nicht? Sie kann mit den Hunden spazieren gehen, wenn ich es mal nicht schaffe. Manchmal habe ich Knieprobleme und muss mein Bein hochlegen. An solchen Tagen lasse ich die Hunde nur kurz in den Garten.«

»Super!« Franzi nickte zufrieden. »Da wird sie sich bestimmt freuen.«

»Jetzt muss ich nur noch den Zettel mit der Vermisstenmeldung abnehmen, den ich beim Waldparkplatz aufgehängt habe«, sagte Frau Schöne.

»Das können wir für Sie übernehmen«, bot Marie an. »Wir kommen auf dem Rückweg sowieso am Parkplatz vorbei.«

»Tatsächlich? Das wäre toll!« Frau Schöne lächelte den Mädchen zu. »Ihr seid wirklich Engel.«

Franzi und Marie verabschiedeten sich und verließen das Grundstück der Hundebesitzerin. Sie beschlossen, nicht auf den nächsten Bus zu warten, sondern zu Fuß zu gehen. Die Sonne hatte den Kampf um den Frühlingshimmel gewonnen und die düsteren Wolken verscheucht. Ihre Strahlen wärmten Franzis Gesicht.

»Ich liebe den Frühling!« Franzi seufzte wohlig. Plötzlich verspürte sie einen unbezwingbaren Bewegungsdrang. Arme und Beine kribbelten, als hätte die Sonne sämtliche Energien in ihrem Körper aktiviert. »Wer zuerst beim Waldparkplatz ist!«, rief sie und rannte los.

»Du … hast … gewonnen«, keuchte Marie, als sie kurz nach Franzi den Parkplatz erreichte. Sie beugte sich vor und stützte sich auf den Oberschenkeln ab, um wieder zu Atem zu kommen.

Franzi reckte die Arme gen Himmel und dehnte erst die rechte, dann die linke Körperseite. Das kleine Wettrennen hatte sie herrlich erfrischt. Sie ging zu dem Baum gleich neben der Einfahrt, nahm den Zettel mit Max' Foto ab, faltete ihn zusammen und steckte ihn in die Jackentasche. »Das Rätsel um Max ist gelöst«, stellte sie zufrieden fest. »Der Wolf hatte überhaupt nichts damit zu tun. Er hat weder dem Hund noch den beiden Jungs etwas getan.«

»Trotzdem ist der Wolf kein Unschuldslamm«, sagte Marie. »Denk nur an die gerissenen Schafe.« Ihre Atmung hatte sich wieder normalisiert und sie ordnete ihre leicht zerzausten Haare. »Hey, ist das nicht das Auto von Herrn Bode?« Sie zeigte auf einen grünen Geländewagen, der direkt am Waldrand parkte.

»Stimmt.« Franzi erkannte das Fahrzeug sofort wieder. Der Förster kam gerade aus dem Wald. Asta lief neben ihm her.

»Hallo, Herr Bode!«, rief Franzi. »Was machen die Wölfe?« Der Förster kam mit ernstem Gesicht auf die Mädchen zu. »Es hat leider einen sehr unschönen Zwischenfall gegeben.«

»Was ist denn los?«, fragte Marie.

»Ein Wolf wurde angeschossen. Es muss irgendwann gestern Abend passiert sein. Ein Jogger hat das Tier heute früh im Wald entdeckt und mich sofort verständigt.«

»Angeschossen?«, wiederholte Franzi bestürzt. »Von wem denn?«

»Das wissen wir noch nicht.« Thorsten Bode ließ Asta von der Leine und der Hund lief schnuppernd über den Parkplatz. »Ich war gerade noch mal im Wald, um nach Spuren zu suchen, aber ich habe nicht viel gefunden.«

»Wer macht so was?«, fragte Marie schockiert.

»Es kommt leider immer wieder vor, dass illegal Jagd auf

Wölfe gemacht wird«, sagte der Förster. »Meistens können die Täter nicht ermittelt werden.«

»Wie geht es dem Wolf?«, wollte Franzi wissen. »Wird er überleben?«

»Das kann ich nicht sagen. Er wurde am Hinterlauf verletzt. Die Amtstierärztin, die ich gerufen habe, hat das Tier betäubt. Jetzt wird es in einer Tierklinik behandelt und in eine Wolfauffangstation gebracht.«

»Eine Wolfauffangstation?« Marie runzelte die Stirn. »Was ist das?«

»Eine Einrichtung, in der verletzte oder kranke Wölfe gepflegt und anschließend wieder ausgewildert werden«, erklärte der Förster. Er pfiff nach seinem Hund. »Ich fahre jetzt zur Polizei und erstatte Anzeige.«

»Wie hoch sind die Strafen für illegale Wolfsjagd?«, erkundigte sich Franzi.

»Wer auf geschützte Tiere schießt, ist meistens seinen Jagdschein los. Wenn er Pech hat, sein Leben lang. Außerdem können hohe Geldbußen oder sogar Gefängnisstrafen verhängt werden.«

»Hoffentlich wird der Täter bald gefasst«, sagte Marie.

»Das hoffe ich auch.« Thorsten Bode schloss seinen Wagen auf, ließ Asta in den Kofferraum springen und fuhr davon.

Franzi und Marie blieben bedrückt auf dem Parkplatz zurück. Franzi konnte es immer noch nicht richtig glauben. Wieder sah sie das Tier vor sich, das ihnen gestern Abend im Wald begegnet war. War es der Wolf gewesen, auf den kurz danach geschossen worden war?

»Wer kann das nur gewesen sein?«, überlegte Marie.

Franzi ballte die Fäuste. »So was Gemeines! Das ist wirklich das Letzte, auf ein geschütztes Tier zu schießen.«

Marie machte ein nachdenkliches Gesicht. »Meinst du, der Knall, den wir gestern Abend in der Höhle gehört haben, könnte der Schuss auf den Wolf gewesen sein?«

Franzi musste erst ihre Wut beiseiteschieben, bevor sie einen klaren Gedanken fassen konnte. Sie atmete dreimal tief durch. »Gut möglich. Aber wer hat etwas davon, wenn der Wolf tot ist?«

»Die Jäger, denen die Wölfe das Wild wegschnappen«, antwortete Marie. »Und die Schäfer und Nutzviehhalter in der Gegend natürlich.«

Franzi fiel der Schäfer ein. Wilhelm Wigald. Sie erinnerte sich an die Trauer, Wut und Frustration in seinen Augen. Was hatte er zu ihnen gesagt?

Am besten sollte man diese verdammten Wölfe sofort abschießen!

Hatte er seine Drohung wahr gemacht?

»Denkst du auch an Herrn Wigald?«, fragte Marie.

Franzi nickte. »Er hätte ein Motiv. Und bestimmt auch die nötige Wut im Bauch, um so etwas zu tun.«

Marie seufzte. »Sieht ganz so aus, als würde aus meinem Wellness-Nachmittag nichts werden.« Sie zückte ihr Handy. »Ich rufe Kim an. Wir müssen dem Schäfer auf den Zahn fühlen. Am besten heute noch.«

Hunde, Esel und ein interessantes Foto

Nach dem Gespräch mit dem Förster waren auch Franzi und Marie nach Hause gefahren, um etwas zu essen. Viel Zeit zum Ausruhen blieb allerdings nicht, weil sie sich um drei Uhr bei Wigalds Weide treffen wollten.

Franzi schlang die Spaghetti bolognese hinunter, die ihr Vater gekocht hatte, und genehmigte sich zum Nachtisch ein Stück Apfelkuchen. Frau Winkler hatte den ganzen Vormittag in der Backstube gestanden und einen Kuchen, der etwas zu lange im Ofen gewesen war, zum allgemeinen Verzehr freigegeben.

»Ich muss los!« Sobald sie den letzten Bissen hintergeschluckt hatte, sprang Franzi auf.

»Einen Moment noch!« Frau Winkler legte die Gabel zur Seite. »Ich möchte etwas mit euch besprechen.«

»Was gibt's denn?«, fragte Franzi.

»Ich habe in den letzten Tagen darüber nachgedacht, wie es mit dem Hofcafé weitergehen könnte, ohne dass wir alle nur noch im Stress sind. Franzi, du hast mich auf eine prima Idee gebracht: Ich werde aus dem Hofcafé ein Eventcafé machen!«

»Was heißt das?«, wollte Chrissie wissen.

»Das Café wird nur noch für besondere Veranstaltungen geöffnet, zum Beispiel Geburtstags-, Weihnachts- oder Firmenfeiern.«

»Wie wär's mit Hochzeiten?«, schlug Franzi vor.

Frau Winkler nickte. »Gute Idee! Natürlich können wir auch

selbst Events auf die Beine stellen. An den restlichen Wochenenden bleibt das Café geschlossen. So haben wir hoffentlich wieder etwas mehr Zeit als Familie.«

»Klingt gut«, sagte Herr Winkler.

»Finde ich auch.« Franzi trat unruhig von einem Bein aufs andere. »Darf ich jetzt los? Ich bin mit Kim und Marie verabredet.«

»Geh ruhig.« Ihre Mutter entließ sie mit einem Lächeln. »Viel Spaß!«

Franzi flitzte zu ihrem Fahrrad. Wenn sie es noch pünktlich schaffen wollte, musste sie ordentlich in die Pedale treten.

Als Franzi die Weide erreichte, warteten Marie und Kim schon auf sie. Schnell stellte sie ihr Fahrrad ab und fuhr sich mit beiden Händen durch die vom Fahrtwind zerzausten Haare.

»Alles klar?«, fragte Kim.

Franzi nickte. »War nur etwas hektisch zu Hause, aber jetzt bin ich ja hier.«

Die drei !!! gingen zum Zaun. Die Schafe grasten friedlich auf der Weide, nichts deutete darauf hin, was für ein Drama sich hier vor ein paar Tagen abgespielt hatte.

»Kann ich etwas für euch tun?« Wilhelm Wigald war aus dem Stall getreten und warf den Detektivinnen einen misstrauischen Blick zu. Dann hellte sich sein Gesicht auf. »Euch kenne ich doch! Ihr wart vorgestern mit Thorsten Bode hier, stimmt's?«

»Genau.« Franzi nickte zu den Tieren hinüber. »Wie geht es Ihren Schafen?«

»Ganz gut so weit.« Der Schäfer seufzte. »Bis sie sich von dem Schock erholt haben, wird es aber sicher noch eine Weile dauern. Sie sind nach wie vor sehr schreckhaft.«

»Ist der Wolf noch mal aufgetaucht?«, fragte Marie.

»Bisher nicht.« Herr Wigald ballte die Fäuste. »Ein Glück für ihn! Mein Gehilfe und ich haben die letzten beiden Nächte abwechselnd Wache geschoben. Aber das hält man natürlich nicht ewig durch. Irgendwann müssen wir die Schafe nachts wieder allein lassen.«

»Was hätten Sie denn gemacht, wenn tatsächlich ein Wolf gekommen wäre?«, wollte Franzi wissen. Provokant fügte sie hinzu: »Auf ihn geschossen?«

»Ja, mit Gummischrot.« Der Schäfer steckte die Hände in die Hosentaschen. »Durch diese unangenehme Erfahrung sollen die Wölfe lernen, sich von den Schafen fernzuhalten. Man nennt das Vergrämung.«

»Sie haben also ein Gewehr?«, hakte Kim nach.

»Natürlich! Warum?« Wieder schlich sich Misstrauen in den Blick des Schäfers.

»Weil gestern Abend ein Wolf angeschossen wurde.« Franzi ließ den Schäfer nicht aus den Augen. Würde er sich durch eine unüberlegte Reaktion verraten?

Aber Wilhelm Wigald verzog keine Miene. »Das war abzusehen«, sagte er trocken.

»Was soll das heißen?«, fragte Marie.

»Nicht alle Menschen hier in der Gegend freuen sich über die Rückkehr der Wölfe«, erklärte der Schäfer. »Viele Jäger und Tierhalter würden die Wölfe am liebsten so schnell wie möglich wieder loswerden.«

»Sie auch?«, erkundigte sich Kim.

Der Schäfer zuckte mit den Schultern. »Natürlich. Aber nicht so. Mit einer illegalen Aktion würde ich mir im Endeffekt nur selbst schaden. Ich versuche auf meine Weise, mit den Wölfen klarzukommen.«

»Wie denn?«, wollte Franzi wissen.

Wilhelm Wigald deutete auf den Zaun. »Ich werde den Zaun austauschen. Der neue Elektrozaun ist schon bestellt. Er ist ein ganzes Stück höher als der alte, sodass die Wölfe nicht mehr so leicht hinüberspringen können. Außerdem denke ich darüber nach, mir Herdenschutzhunde zuzulegen. Sie werden speziell dafür ausgebildet, Schafherden vor Angreifern zu beschützen und Feinde in die Flucht zu schlagen. Und wenn das alles nichts hilft, lege ich mir eine lebendige Alarmanlage zu.«

Franzi zog die Augenbrauen hoch. »Eine lebendige Alarmanlage? Was meinen Sie damit?«

Der Schäfer grinste. »Einen Esel!« Er wurde wieder ernst. »Das ist kein Witz! Esel haben sehr feine Sinne. Wenn sie einen Eindringling bemerken, alarmieren sie mit ihrem Geschrei die Hütehunde oder schlagen den Angreifer mit Beißen und Treten in die Flucht.«

»Interessant!« Dass Esel zum Schutz von Schafen eingesetzt wurden, hörte selbst Franzi als Tierexpertin zum ersten Mal.

»Ist das nicht alles furchtbar teuer?«, fragte Kim. »Ein neuer Zaun, Hunde, Esel …«

»Natürlich!« Wilhelm Wigald seufzte. »Es gibt für solche Schutzmaßnahmen zwar finanzielle Unterstützung vom Land, aber ob sich das auf Dauer rechnet, weiß ich auch nicht. Die Hunde sind ja nicht nur in der Anschaffung teuer, sie brauchen auch Futter und einen Schlafplatz, sie müssen ausgebildet werden und regelmäßig zum Tierarzt.«

»Da kommt einiges auf Sie zu«, stellte Marie fest.

Der Schäfer nickte. »Aber ich will alle Möglichkeiten ausschöpfen. Ich habe beschlossen zu kämpfen. So leicht gebe ich nicht auf! Auch wenn es leider keinen hundertprozentigen Schutz gegen Wölfe gibt.«

»Sie bleiben also dabei, nichts mit dem Schuss auf den Wolf zu tun zu haben?«, vergewisserte sich Marie.

Wilhelm Wigald nickte. »Ich war den ganzen Abend und die halbe Nacht hier bei meinen Schafen. Ihr könnt gerne meinen Gehilfen fragen, der kann euch das bestätigen.« Er zog die Hände aus den Taschen. »So, genug geplaudert! Jetzt muss ich weiterarbeiten.« Der Schäfer winkte den drei !!! kurz zu und verschwand wieder im Stall. Das Gespräch war beendet.

Eine halbe Stunde später saßen die Detektivinnen in der gemütlichen Sofaecke des *Café Lomo*, vor sich auf dem Tisch drei Becher *Kakao Spezial* und drei Stücke Möhrenkuchen.

»Lecker!« Kim hatte sich gerade den ersten Bissen in den Mund geschoben. »Auch wenn der Möhrenkuchen deiner Mutter natürlich noch besser ist, Franzi«, fügte sie schnell hinzu.

Franzi grinste. »Ich werde es ihr ausrichten.« Sie pustete in ihren Kakao, der herrlich nach Vanille duftete.

»Was haltet ihr von der Aussage des Schäfers?«, fragte Marie.

»Also, ich fand ihn glaubwürdig.« Kim knibbelte die Mini-

Möhre aus Marzipan von ihrem Kuchenstück und steckte sie sich in den Mund.

»Aber sein Alibi ist nicht hieb- und stichfest«, wandte Franzi ein. »Selbst wenn der Gehilfe die Aussage bestätigt, muss das gar nichts heißen.«

»Stimmt, der Mann könnte genauso gut für seinen Chef lügen.« Marie lehnte sich zurück und schlug die Beine übereinander. »Und andere Zeugen gibt es nicht.«

»Abgesehen von den Schafen natürlich.« Franzi grinste.

»Aber die können leider nicht sprechen«, stellte Kim fest. »Deshalb bleibt uns nichts anderes übrig, als dem Schäfer erst mal zu glauben. Zumindest so lange, bis wir ihm das Gegenteil beweisen können.«

Marie runzelte nachdenklich die Stirn. »Was ist eigentlich mit den Fotofallen im Wald?«

»Du meinst …«, begann Franzi langsam.

Marie nickte. »Vielleicht ist der Täter ja in eine der Fallen getappt. Dann müsste es ein Foto von ihm geben.«

»Genial!« Kim schlug sich mit der flachen Hand gegen die Stirn. »Dass wir darauf nicht schon eher gekommen sind!«

»Ich rufe Herrn Bode an«, beschloss Franzi. »Vielleicht kann er uns die Fotos von letzter Nacht mailen.« Sie zückte ihr Handy und suchte die Nummer des Försters heraus.

»Ihr wollt die Fotos?«, fragte Thorsten Bode überrascht, nachdem Franzi ihm ihr Anliegen erklärt hatte. »Wozu?«

»Kim würde sie gerne für ihre Reportage auswerten«, schwindelte Franzi, damit der Förster nicht weiter nachfragte.

»Ach so.« Herr Bode klang beruhigt. »Na gut, ich schicke sie dir gleich rüber, okay?«

Franzi bedankte sich und legte auf. Keine fünf Minuten später landeten die Aufnahmen der vergangenen Nacht in ihrem Postfach.

»Jetzt bin ich aber gespannt!« Marie rückte näher an Franzi heran und beugte sich über das Display ihres Handys.

Franzi öffnete den Ordner und ging die Aufnahmen im Schnellverfahren durch. Es gab Fotos von einer Hasenfamilie, einem Fuchs, zwei Wildschweinen und einem etwas verschreckt in die Kamera blickenden Reh.

»Stopp!«, rief Kim, als Franzi etwas zu schnell weitergedrückt hatte. »Geh noch mal zurück. Da!«

Auf dem vorletzten Bild war eine hochgewachsene Gestalt zwischen den Bäumen zu erkennen. Sie trug einen Hut und einen langen Lodenmantel.

»Wer ist das?«, fragte Marie.

»Ein Jäger.« Franzi sah genauer hin. »Mit einem Gewehr über der Schulter.« Der Typ kam ihr bekannt vor, aber sie kam nicht drauf, wo sie ihn schon mal gesehen hatte.

Kim checkte die Uhrzeit der Aufnahme am unteren Bildrand. »Das Foto wurde um kurz vor acht aufgenommen.«

Franzi rechnete blitzschnell nach. »Das kommt hin! Etwas später haben wir den Schuss in der Höhle gehört.«

»Der Jäger könnte aber auch zu einem der Suchtrupps gehören«, gab Marie zu bedenken. »Schließlich waren die Jungs zu diesem Zeitpunkt noch verschollen.«

»Aber wieso hat er dann ein Gewehr dabei?« Franzi schüttelte den Kopf. »Nein, der Kerl ist auf der Jagd, ganz klar.«

Schnell sichteten die Detektivinnen die restlichen Fotos, fanden aber keine weiteren Hinweise mehr.

Marie rief noch einmal das Bild mit dem unbekannten Jäger auf. »Wenn wir nur wüssten, wer das ist …«

»Woher kenne ich diesen Lodenmantel?« Franzi durchforstete ihr Gedächtnis und plötzlich erwischte sie den passenden Erinnerungsschnipsel. »Ich hab's! Levins Opa! Der hatte im Waldkindergarten genau so einen Mantel an.«

Marie nickte. »Stimmt!« Sie vergrößerte das Foto. »Das könnte er tatsächlich sein, oder?«

»Es passt alles zusammen«, sagte Kim nachdenklich. »Levins Opa ist Jäger, kennt sich im Wald gut aus und hat etwas gegen Wölfe. Das hat zumindest sein Enkel behauptet.«

Franzi legte ihr Handy auf den Tisch und trank einen Schluck Kakao. »Wir sollten uns mit Levins Opa unterhalten«, sagte sie. »Heute schaffen wir das allerdings nicht mehr.«

»Morgen ist schließlich auch noch ein Tag«, meinte Marie. In diesem Moment klingelte ihr Smartphone und sie warf einen Blick auf das Display. »Holger!« Ihre Wangen überzogen sich mit einer leichten Röte, während sie unschlüssig eine Haarsträhne um ihren Finger wickelte.

»Ich dachte, der trainiert heute für seinen Parkouring-Wettkampf«, sagte Franzi. »Willst du nicht rangehen?«

Marie zuckte mit den Schultern. »Na gut.« Sie griff nach dem Handy und ging zum Telefonieren in den kleinen Innenhof des *Lomo*. Wenige Minuten später kam sie zurück. Ihre Augen blitzten und sie strahlte über das ganze Gesicht.

»Gute Nachrichten?«, fragte Franzi.

Marie nickte. »Holger ist eher mit dem Training fertiggeworden. Er hat gefragt, ob wir uns noch treffen wollen.«

»Perfektes Timing!« Kim lächelte. »Gut, dass wir den offiziellen Teil unseres Clubtreffens soeben beendet haben.«

Marie zog ihre Jacke an und griff nach ihrer Tasche. »Sorry, ich muss jetzt ganz schnell los. Holger und ich treffen uns in zehn Minuten in der Eisdiele am Marktplatz.«

»Klingt für mich übrigens nicht so, als hätte er noch Interesse an Selma«, bemerkte Franzi.

Marie seufzte. »Ich bin so froh, dass ich ihm heute nicht hinterherspioniert habe! Wenn er mich entdeckt hätte, wäre das superpeinlich geworden. Und selbst wenn nicht, hätte ich ein furchtbar schlechtes Gewissen gehabt.« Sie zog ihren kleinen Schminkspiegel aus der Tasche und warf einen schnellen Blick hinein. »Oh Gott, wie sehe ich denn aus? Wie eine Vogelscheuche!« Hastig fuhr sie sich durch ihre glänzenden blonden Haare und wischte sich mit dem Zeigefinger ein bisschen verschmierte Wimperntusche aus dem Augenwinkel.

»Du siehst toll aus«, beruhigte Kim ihre Freundin. »Wie immer. Und jetzt geh endlich, du willst Holger doch nicht warten lassen, oder?«

»Und ob sie das will!« Franzi kicherte. »Marie ist nicht nur unsere Styling-Queen und Flirtkönigin, sondern auch die Königin des Zuspätkommens, schon vergessen?«

Marie stopfte den Spiegel zurück in die Tasche und streckte Franzi die Zunge raus. »Stimmt gar nicht!«

»Stimmt wohl.« Franzi lachte. »Aber das macht nichts. Wir lieben dich trotzdem.«

»Viel Spaß!«, wünschte Kim, als Marie das *Lomo* verließ.

Ein verhängnisvolles Geständnis

Es war ein Kinderspiel für Kim, die Adresse von Levins Opa zu recherchieren. Mit ein paar Klicks im Internet hatte sie herausgefunden, dass er Otto Fenneberg hieß und nicht weit vom Waldkindergarten entfernt auf einem einsam gelegenen Grundstück wohnte.

»Bist du sicher, dass wir richtig sind?«, fragte Franzi, als die drei !!! am nächsten Tag einen holprigen Feldweg entlangfuhren. »Wo soll denn hier noch ein Haus kommen?«

»Am Ende des Weges.« Kim wich einer Wurzel aus. »Wahrscheinlich liegt es dahinten zwischen den Bäumen.«

Tatsächlich führte der Weg nach ungefähr hundertfünfzig Metern in ein kleines Wäldchen und endete auf einem staubigen Hof. Vor einem windschiefen Schuppen stand ein klappriger Geländewagen. Dahinter erhob sich ein großes, etwas düster wirkendes Haus. Am Giebel hing ein Geweih mit ausladenden Schaufeln.

Die drei !!! stellten ihre Räder ab und klingelten. Kurze Zeit später öffnete Herr Fenneberg die Tür. Er erkannte die Detektivinnen sofort.

»Du bist die Schwester vom kleinen Finn, richtig?« Er nickte Marie zu. »Ihr habt meinen Enkel und seinen Freund gefunden. Das war wirklich eine tolle Leistung!«

»Danke.« Marie lächelte.

»Was kann ich für euch tun?«

»Dürfen wir einen Moment reinkommen?«, fragte Kim. »Wir würden gerne kurz mit Ihnen reden.«

»Natürlich!« Der alte Herr führte die Mädchen ins Wohnzimmer. »Setzt euch doch.«

Die Detektivinnen nahmen auf dem großen Sofa Platz, über dem weitere Geweihe hingen. Sie schienen die Mädchen aus leeren Augenhöhlen zu beobachten.

»Ich hätte eigentlich selbst darauf kommen müssen, dass Levin sich irgendwo im Wald verkrochen hat.« Herr Fenneberg ließ sich in einen Schaukelstuhl sinken. »Der Kleine ist ein richtiger Naturbursche. Er stromert ständig draußen im Wald herum.«

»Kannten Sie sein Versteck in der Höhle?«, fragte Kim.

Der alte Mann schüttelte den Kopf. »Nein. Sonst hätte ich dort natürlich als Erstes nach ihm gesucht.«

»Hat Levin Ihnen von seiner Wolfsfalle erzählt?«, fragte Franzi. »Er und Ole haben ein tiefes Loch auf dem Kindergartengelände gegraben, in das die Erzieherin getreten ist. Jetzt hat sie eine Bänderdehnung.«

»Levin wollte den Wolf für Sie fangen«, fügte Marie hinzu.

Herr Fenneberg seufzte. »Vielleicht hätte ich vor dem Jungen lieber den Mund halten sollen. Aber beim Thema Wölfe kann ich mich einfach nicht zurückhalten.«

»Sie mögen Wölfe nicht besonders, oder?«, sagte Franzi.

Levins Opa schnaubte verächtlich. »Wenn ihr mich fragt, braucht die Viecher hier kein Mensch. Sie fressen unkontrolliert das Wild, reißen Schafe, Ziegen und Kälber und greifen im schlimmsten Fall auch Menschen an. Für die Waldkindergartenkinder sind sie eine echte Gefahr! Levin und sein Freund haben großes Glück gehabt, auf dem Weg zur Höhle keinem Wolf begegnet zu sein.«

»Glauben Sie, die Kinder wären sonst angegriffen worden?«, fragte Marie skeptisch.

»Jedenfalls kann niemand garantieren, dass es in Zukunft keine Wolfsangriffe auf Menschen geben wird«, sagte Levins Opa. »Wölfe sind nun mal keine Kuscheltiere aus dem Streichelzoo. Das sind Raubtiere! Und sie sind unberechenbar.«

Franzi wollte schon den Mund öffnen, um die Wölfe zu verteidigen, aber dann schwieg sie. Sie musste zugeben, dass Herr Fenneberg nicht ganz unrecht hatte.

»Levin darf jetzt nicht mehr alleine in den Wald, mein Sohn und meine Schwiegertochter haben es ihm verboten«, erzählte Herr Fenneberg weiter. »Er ist furchtbar unglücklich deswegen, aber es ist einfach zu gefährlich. Mir wäre ein Wald ohne Wölfe, in dem sich mein Enkel frei bewegen kann, wesentlich lieber.«

»Haben Sie deshalb auf den Wolf geschossen?«, fragte Franzi ganz direkt. Sie hatte keine Lust mehr, noch länger um den heißen Brei herumzureden.

»Wie bitte?« Herr Fenneberg runzelte irritiert die Stirn.

»Ein Wolf wurde angeschossen«, erklärte Marie. »Wahrscheinlich ist es passiert, während wir bei den Jungs in der Höhle waren. Wir wollen herausfinden, wer das getan hat.«

»Wir haben ein Foto von Ihnen, das Sie zur Tatzeit im Wald zeigt.« Kim reichte Levins Großvater das ausgedruckte Bild. Obwohl es bei schlechten Lichtverhältnissen aufgenommen worden war, konnte man ihn einwandfrei erkennen.

Herr Fenneberg warf einen kurzen Blick darauf und gab es Kim zurück. »Ja, das bin ich. Na und? Ich hab nach den Jungs gesucht, genauso wie eine Menge anderer Leute auch.

Stehen jetzt etwa alle Helfer aus den Suchtrupps unter Verdacht?« Er lachte auf, aber es klang nicht besonders fröhlich.

»Soviel ich weiß, hatten die anderen Helfer keine Jagdgewehre dabei.« Franzi tippte auf das Gewehr, das auf dem Foto gut sichtbar über Herrn Fennebergs Schulter hing.

»Ich bin Jäger!«, verteidigte sich der alte Mann. »Ich habe einen Jagdschein und für jedes meiner Gewehre einen Waffenschein. Bei mir hat alles seine Ordnung. Es ist kein Verbrechen, mit einem Gewehr durch den Wald zu laufen.« Er verschränkte die Arme vor der Brust.

»Aber es ist ein Verbrechen, auf geschützte Tiere zu schießen«, erwiderte Marie. »Das wissen Sie doch, oder?« Sie sah ihn scharf an.

Herr Fenneberg wich Maries Blick aus. »Natürlich weiß ich das«, murmelte er.

»Sie haben es sicher nur gut gemeint«, sagte Franzi. »Ich glaube, Sie haben auf den Wolf geschossen, um Levin und die anderen Kinder zu beschützen.«

»Oder wollten Sie sich an dem Wolf rächen, weil Sie dachten, er hätte Levin und Ole etwas getan?«, fragte Kim.

Herrn Fennebergs Gesicht lief rot an. »Nein! Natürlich nicht!« Er stand auf. »Ich glaube, ihr geht jetzt besser. Diese unverschämten Beschuldigungen muss ich mir nicht länger anhören. Was fällt euch eigentlich ein?«

Kim zog ihr Handy hervor. »Ich rufe jetzt unseren Freund Kommissar Peters bei der Polizei an. Es wird ihn sicher brennend interessieren, dass Sie zur Tatzeit mit einem Gewehr durch den Wald gelaufen sind.«

»Die Polizei kann übrigens ganz leicht feststellen, ob der

Schuss auf den Wolf aus einer Ihrer Waffen abgefeuert wurde«, bemerkte Marie.

Herrn Fennebergs Schultern sackten herab. Er wischte sich ein paar Schweißtropfen von der Stirn und schien mit sich zu ringen. Schließlich stieß er einen tiefen Seufzer aus. »Na gut, ich gebe es zu. Ich habe auf den Wolf geschossen.«

»Warum?«, fragte Franzi.

»Ich habe mir solche Sorgen um Levin gemacht!« Der alte Mann fuhr sich über die Augen, dann sprach er ohne zu zögern weiter. »Die Jungs waren schon seit Stunden weg. In meinem Kopf haben sich die schlimmsten Szenen abgespielt. Mein Enkel – verschwunden in einem Wald voller Wölfe! Es hätte ja sonst was passiert sein können. Als es abends immer noch keine Spur von den beiden gab, war ich völlig verzweifelt. Aber ich habe trotzdem weitergesucht. Und dann tauchte plötzlich der Wolf auf. Auf einmal stand er zwischen den Bäumen wie mein persönlicher, Wirklichkeit gewordener Albtraum. Es war unheimlich.« Er verstummte und starrte mit leerem Blick auf eine Stelle an der Wand, die sich knapp über den Köpfen der Detektivinnen befand. Eine Weile herrschte absolute Stille.

»Was haben Sie gemacht?«, fragte Kim leise.

»Ich habe das Gewehr angelegt und geschossen.« Herrn Fennebergs Stimme klang rau. »Ich hab überhaupt nicht darüber nachgedacht, es war eine ganz automatische Reaktion.«

»Sie haben das Tier aber nicht richtig getroffen«, stellte Marie fest.

»Eigentlich bin ich ein guter Schütze, aber die Lichtverhältnisse waren nicht die besten«, sagte Levins Opa. »Vielleicht war ich auch ein bisschen zittrig an dem Abend. Ehe ich ein zweites Mal abdrücken konnte, war der Wolf schon wieder zwischen den Bäumen verschwunden. Ich bin ihm nach, hab ihn aber nicht mehr gefunden.« Er seufzte noch einmal. »So, jetzt wisst ihr alles. Wenn ihr mich fragt, sollten Wölfe wieder zur Jagd freigegeben werden. Vor allem, wenn sie Menschen zu nahe kommen.«

Franzi starrte Levins Opa mit gemischten Gefühlen an. Er zog ein Stofftaschentuch aus seiner Hosentasche und fuhr sich damit über die Glatze. Es wäre leichter gewesen, wenn sie wütend auf ihn hätte sein können. Immerhin hatte er ein Tier schwer verletzt. Sie mochte sich gar nicht ausmalen, wie qualvoll die Nacht für den verletzten Wolf gewesen sein musste, bevor ihn der Jogger auf der Lichtung entdeckt hatte.

Seltsamerweise konnte Franzi Herrn Fenneberg aber auch irgendwie verstehen. Er hatte Angst um seinen Enkel gehabt und war verzweifelt gewesen, weil die Jungs wie vom Erdboden verschluckt zu sein schienen. Als der Wolf plötzlich wie aus dem Nichts aufgetaucht war, hatte er einfach überreagiert.

»Danke, dass Sie uns alles erzählt haben«, sagte Kim. »Ich informiere jetzt Kommissar Peters.«

»Nicht nötig.« Herr Fenneberg winkte ab. »Ich werde selbst zur Polizei fahren und mich stellen.«

Kim zögerte kurz und steckte das Handy weg. »Einverstanden.«

Der alte Mann erhob sich. »Am besten erledige ich das sofort.« Er ging mit schweren Schritten in den Flur und nahm seine Jacke von der Garderobe. Die drei !!! folgten ihm nach draußen.

»Wenn Sie Glück haben, kommen Sie mit einer Geldstrafe davon«, sagte Marie. »Aber Ihren Jagdschein werden Sie bestimmt abgeben müssen.«

Herr Fenneberg, der schon auf dem Weg zu seinem Geländewagen gewesen war, blieb plötzlich stehen. »Das hätte ich fast vergessen!« Er drehte sich abrupt um. »Der Hund!«

»Welcher Hund?«, fragte Franzi.

»Ich muss erst noch meinen Hund füttern«, erklärte Herr Fenneberg. »Dauert nur eine Minute.«

»Sie haben einen Hund?« Franzi runzelte die Stirn. Irgendetwas kam ihr seltsam vor, aber sie wusste nicht, was.

Herr Fenneberg nickte. »Er ist noch ganz jung. Ein Welpe. Er sitzt im Hundezwinger hinter dem Haus. Wollt ihr ihn sehen?«

»Ein Welpe?« Franzis Interesse war geweckt. »Welche Rasse?«

»Golden Retriever. Ein Rüde.«

»Wie süß!« Franzi sah zu Kim und Marie. »Kommt ihr mit?«

Kim zögerte. »Eigentlich wollte ich so schnell wie möglich nach Hause. Ich muss noch Englisch-Vokabeln lernen.«

»Dauert doch nur fünf Minuten«, sagte Franzi.

Marie zuckte mit den Schultern. »Okay, warum nicht?«

Die Detektivinnen folgten Herrn Fenneberg um das Haus herum. Dahinter befand sich ein weitläufiger Garten, der von Bäumen und einer hohen Rhododendron-Hecke eingerahmt wurde. Der Rasen wirkte etwas ungepflegt, aber der Hundezwinger war frisch gestrichen und sah sehr stabil aus.

Levins Opa öffnete die Tür und hielt sie den drei !!! auf. »Hereinspaziert! Lola freut sich bestimmt über Besuch.«

»Lola? Ich dachte, es ist ein Rüde«, sagte Franzi, während sie über die Schwelle trat. »Wo ist er denn?« Sie sah sich um, konnte aber keinen Hund entdecken. In diesem Moment fiel ihr ein, was sie irritiert hatte. Es hatte kein Hund gebellt, als sie auf das Grundstück gefahren waren. Auch jetzt war weder Jaulen noch Bellen zu hören. »Moment mal …« Franzi wollte sich umdrehen, doch in diesem Moment prallten Kim und Marie gegen sie und die Zwingertür fiel mit einem lauten Krachen ins Schloss.

»He!«, schimpfte Marie. »Was soll das?«

Ehe die Detektivinnen reagieren konnten, drehte Herr Fenneberg von außen den Schlüssel im Schloss herum und ging mit langen Schritten davon.

»Kommen Sie zurück!«, rief Franzi. »Lassen Sie uns sofort hier raus!«

Aber der alte Jäger reagierte nicht. Er verschwand ohne ein weiteres Wort um die Hausecke. Etwas später hörten sie, wie ein Auto ansprang und vom Hof fuhr. Dann war es wieder still.

»Verdammt, das gibt's doch nicht!«, schimpfte Kim. »Der Mistkerl hat uns eingesperrt.«

Himbeerlimo für alle

»Ich fass es nicht!« Wütend schlug Franzi gegen das Gitter des Zwingers. »Wir haben uns mit dem ältesten Trick der Welt hinters Licht führen lassen. Ein süßer Welpe, von wegen! Warum bin ich nicht misstrauischer gewesen? Ich hätte gleich merken müssen, dass hier was faul ist.«

»Wir hätten alle besser aufpassen müssen«, sagte Marie. »Aber jetzt ist es zu spät für Selbstvorwürfe. Herr Fenneberg ist über alle Berge und wir sitzen fest.«

Kim rüttelte an der Tür, doch sie war aus stabilem Holz und bewegte sich keinen Millimeter.

»Geh mal ein Stück zur Seite.« Franzi nahm Anlauf und versuchte, mit einem kräftigen Fußtritt die Tür einzutreten. Vergeblich. Sie landete unsanft auf dem Po und hielt sich mit schmerzverzerrtem Gesicht den Fuß. »Autsch, meine Zehen!«

»So wird das nichts.« Marie untersuchte das Gitter und die Seitenwände des Zwingers, aber es gab weder versteckte Türen noch ein Fenster oder irgendwelche Klappen, durch die man hätte entkommen können. Der Boden war aus dunkelbraunen Holzbrettern gezimmert und sauber gefegt. In der hintersten Ecke lag eine alte Hundedecke, ansonsten war der Zwinger leer.

»Ich rufe den Kommissar an«, sagte Kim. »Er holt uns bestimmt hier raus. Außerdem muss er nach Herrn Fenneberg fahnden.« Sie zog ihr Handy aus der Hosentasche, ließ es nach einem kurzen Blick aufs Display aber wieder sinken.

»Mist! Kein Netz!«

Auch Maries und Franzis Handys hatten keinen Empfang.

»Kein Wunder, das Haus liegt ja auch total abgelegen.«
Marie steckte ihr Smartphone weg.

»Was machen wir denn jetzt?«, fragte Franzi. Allmählich verließ sie der Mut. Sie starrte durch das Gitter in den verwilderten Garten. Wie lange würden sie hier sitzen, bis sie jemand entdeckte? Stunden? Oder Tage? Bei der Vorstellung, die Nacht im Hundezwinger verbringen zu müssen, wurde ihr jetzt schon kalt. »Habt ihr irgendjemandem gesagt, was wir vorhaben?«, fragte sie.

Marie und Kim schüttelten die Köpfe.

Es war Sonntagnachmittag. Kein Mensch wusste, wo sie waren. Irgendwann würden ihre Eltern anfangen, sich Sorgen zu machen. Aber sie würden nie im Leben auf die Idee kommen, hier nach ihnen zu suchen.

Kim schlug mit beiden Händen gegen das Gitter. »Hilfe!«, rief sie, so laut sie konnte. »Hilfe!«

Marie und Franzi fielen ein. Sie brüllten, bis sie heiser waren. Dann hielten sie inne und lauschten. Nichts. Keine Stimmen, keine Schritte, kein Motorengeräusch. Nicht mal Vogelgezwitscher. Wahrscheinlich hatten sie alle Vögel mit ihrem Geschrei in die Flucht geschlagen.

Franzi lehnte sich gegen die Rückwand des Zwingers und ließ sich daran hinabgleiten, bis sie auf dem Boden saß. Sie war auf einmal unendlich müde. Am liebsten hätte sie sich auf den Holzbrettern zusammengerollt und geschlafen. So lange, bis endlich jemand auftauchte, der sie rettete.

»Vielleicht kommt Herr Fenneberg ja bald zurück«, sagte

Kim. »Wenn er sich beruhigt und über alles nachgedacht hat.«

»Der ist bestimmt schon über alle Berge«, vermutete Marie. »Warum musste ich Idiotin auch von seinem Jagdschein anfangen? Wahrscheinlich hat er Panik gekriegt, als ihm klar wurde, dass es mit dem Jagen erst mal vorbei ist, wenn er zur Polizei geht. Deshalb hat er sich lieber aus dem Staub gemacht.« Sie zog eine Haarnadel aus ihrer Frisur und ging zur Tür. »Mal sehen, ob ich das Schloss knacken kann.«

Franzi schöpfte neue Hoffnung. Marie war berühmt dafür, mit einer Haarnadel und sehr viel Fingerspitzengefühl fast jede Tür aufzubekommen. Sie hatte lange geübt und war mittlerweile ein richtiger Profi.

Schweigend machte sich Marie am Schloss zu schaffen, während Franzi und Kim stumm die Daumen drückten. Eine Weile war nichts zu hören außer dem leisen Klicken, mit dem Marie die Nadel im Schloss hin und her drehte. Franzi schickte ein schnelles Stoßgebet zum Himmel. Hoffentlich klappte es! Wenn nicht, würde es ein sehr langer, sehr kalter Nachmittag und eine noch längere Nacht werden …

»Ich hab's!« Triumphierend drückte Marie die Klinke hinunter und die Tür öffnete sich.

Franzi sprang auf und umarmte sie. »Super!«

Auch Kim war erleichtert. »Du bist eine echte Heldin, Marie!«

Marie strich sich eine Haarsträhne hinter das Ohr und lächelte bescheiden. »War gar nicht so schwer. Aber die Haarnadel ist nicht mehr zu gebrauchen.« Sie steckte die verbogene Nadel in die Hosentasche. »Egal. Hauptsache, wir sind frei.«

Die drei !!! verließen ihr Gefängnis und kehrten auf den Hof zurück.

»Nichts wie weg hier!«, sagte Kim.

Die Detektivinnen schwangen sich auf ihre Räder und fuhren zur Hauptstraße. Nach wenigen Metern hatten ihre Handys wieder Empfang. Sie hielten am Straßenrand und Kim rief Kommissar Peters an, um ihm zu berichten, was passiert war.

»Der Kommissar gibt eine Fahndung nach Herrn Fennebergs Wagen raus«, informierte Kim ihre Freundinnen nach dem Gespräch. »Mit etwas Glück geht er der Polizei bald ins Netz.«

Franzi seufzte. »Mehr können wir im Moment nicht tun.«

»Also, ich brauche nach dem Schreck dringend eine extra Portion Zucker.« Kim steckte ihr Handy ein. »Was haltet ihr von einem *Kakao Spezial* und einem großen Schoko-Muffin im *Lomo*?«

»Geniale Idee!« Marie nickte. »Ich bin dabei.«

Franzi grinste. »Und ich sowieso!«

Detektivtagebuch von Kim Jülich
Montag, 17:37 Uhr
Der Fall ist gelöst! Herr Fenneberg wurde gestern Abend bei einer Verkehrskontrolle festgenommen. Laut Kommissar Peters hat er keinen Widerstand geleistet. Bei der Befragung hat er ausgesagt, seine Flucht sei eine Kurzschlussreaktion gewesen. Eigentlich wollte er in einer Jagdhütte im Wald übernachten. Aber dann hat er doch ein schlechtes Gewissen bekommen, weil er uns im Hundezwinger eingesperrt hatte, und ist zurückgefah-

ren, um uns zu befreien. Er konnte ja nicht wissen, dass wir uns dank Maries Schlossknacker-Künsten schon längst selbst befreit hatten ☺.

Jetzt wird ein Strafverfahren gegen Levins Opa eingeleitet. Er musste seinen Jagdschein abgeben und wird vermutlich zu einer Geldbuße verurteilt. Dass er ins Gefängnis kommt, hält der Kommissar für unwahrscheinlich.

Was für ein spannender Fall! Ein verschollener Dackel, mehrere gerissene Schafe, zwei verschwundene Jungs und ein angeschossener Wolf. So viel hatten wir lange nicht mehr zu tun!

Die Wölfe haben für eine Menge Aufregung gesorgt. Dabei haben sie weder Dackel Max noch Ole und Levin etwas getan. Die Schafe von Wilhelm Wigald wurden allerdings tatsächlich von einem Wolf gerissen, das hat eine Untersuchung der toten Tiere inzwischen zweifelsfrei ergeben. Aber kann man dem Wolf das vorwerfen? Eigentlich nicht. Schließlich sind Wölfe Raubtiere und haben einen natürlichen Jagdtrieb. Ich drücke Herrn Wigald die Daumen, dass es in Zukunft keine Wolfsangriffe mehr auf seine Schafe gibt.

Wahrscheinlich wird es noch eine Weile dauern, bis das Zusammenleben zwischen Wölfen und Menschen reibungslos funktioniert. Ich hoffe, irgendwann gelingt es uns.

Geheimes Tagebuch von Kim Jülich
Montag, 18:12 Uhr
Lesen für Wölfe, nervige Brüder und andere Raubtiere strengstens verboten! Wer sich nicht daran hält, darf eine Nacht im Hundezwinger von Herrn Fenneberg verbringen. Viel Spaß!!!!

Ich komme gerade von einem Treffen mit David im Café Lomo. *Es war total nett. Zum Glück war er nicht sauer, weil ich unseren DVD-Abend abgesagt hatte. Er konnte verstehen, dass unsere Ermittlungen und die Suche nach den Jungs wichtiger waren. Das finde ich echt super von ihm! Wir haben* Kakao Spezial *getrunken und uns richtig gut unterhalten. David will später Journalist werden und die ganze Welt bereisen. Spannend, oder? Das hätte ich ihm gar nicht zugetraut. Den DVD-Abend holen wir übrigens nächstes Wochenende nach. Ich freu mich schon …*

»Beeilt euch, sonst verpassen wir die Fütterung!« Franzi marschierte mit großen Schritten auf das Gehege zu. Vor dem hohen Zaun blieb sie stehen und ließ den Blick über das bewaldete Gelände wandern.

»Siehst du was?«, fragte Marie.

»Da vorne!« Franzi zeigte auf einen grauen Schatten, der zwischen den Bäumen entlanglief. Ein Wolf! Er war nicht mal zehn Meter von ihnen entfernt. Desinteressiert trabte er an den Mädchen vorbei und verschwand hinter einem Gebüsch.

»Ich bin froh, dass der Zaun zwischen uns und den Wölfen ist«, sagte Kim.

Franzi ging es genauso. Trotzdem übten die Raubtiere immer noch eine ganz besondere Faszination auf sie aus.

Es war Maries Idee gewesen, einen Ausflug zum nahe gelegenen Wolfspark zu machen. Der perfekte Ausklang für einen spannenden Fall!

Hier im Park lebten handaufgezogene Europäische Grauwölfe in einem großen, wild bewachsenen Gehege. Außerdem gab es einen kleinen Streichelzoo, ein Restaurant und eine große Ausstellung über Wölfe in Deutschland und aller Welt. Doch bevor sie sich die Ausstellung ansahen, wollte Franzi unbedingt bei der Fütterung der Wölfe dabei sein.

»Hat es schon angefangen? Die Schlange am Eisstand war superlang. Ich dachte schon, wir kommen gar nicht mehr an die Reihe.« Blake sauste in seinem Rollstuhl auf Franzi zu und bremste direkt neben ihr.

Holger folgte ihm, konnte bei Blakes Tempo aber kaum mithalten. Die Jungs hatten Eis für alle geholt, das Holger nun an die Mädchen verteilte.

»Danke!« Franzi ließ sich ihre Waffel mit Pistazieneis schmecken und schloss einen Moment genießerisch die Augen. »Lecker …« Sie lächelte Blake an, griff nach seiner Hand und hielt sie fest.

Heute war einfach ein wundervoller Tag. Die Sonne schien, die Luft war frühlingsmild und Blake war endlich wieder gesund! Auch der Rest seiner Familie hatte die Magen-Darm-Grippe überstanden, sodass die Zeit der Quarantäne endlich vorbei war. Zum Glück, denn sonst wäre Franzi demnächst wahrscheinlich an akuter Sehnsucht gestorben.

»Du hast mir gefehlt!« Blake drückte einen Kuss auf Franzis Hand. Der Blick aus seinen grünen Augen ließ die Schmetterlinge in ihrem Bauch tanzen.

»Achtung, es geht los!«, zischte Marie.

Die Zuschauer beobachteten gespannt, wie zwei Mitarbeiter des Wolfsparks das Gehege betraten, um die Tiere zu füttern. Sie hatten große Eimer dabei, die sie auf eine Aussichtsplattform hievten. Von dort aus warfen sie den Wölfen Fleischbrocken zu. Sofort versammelten sich alle Tiere unter der Plattform und verschlangen gierig das Fleisch. Die jüngeren Wölfe balgten sich um die größten Brocken, während eine Mitarbeiterin in ein Mikrofon sprach und die Besucher darüber informierte, wovon sich Wölfe in freier Wildbahn ernährten.

»Echt interessant«, stellte Holger fest, als die Fütterung zu Ende war. »Und ihr habt wirklich einen Wolf im Wald gesehen?«

Marie stieß ihm mit dem Ellbogen in die Seite. »Das hab ich dir doch erzählt! Du glaubst mir wohl nicht, was?«

»Na ja, es klingt ja auch ziemlich unglaublich, das musst du zugeben«, verteidigte sich Holger.

»Es war ein Wolf, ganz bestimmt«, sagte Franzi. »Wahrscheinlich war es genau das Tier, das später angeschossen wurde. Übrigens wollten wir uns doch noch nach dem verletzten Wolf erkundigen.« Sie entdeckte einen Tierpfleger neben dem Gehege und marschierte auf ihn zu. »Entschuldigung, kann ich Sie kurz was fragen?«

»Natürlich!« Der Mitarbeiter nickte freundlich.

»Letzte Woche ist in unserem Wald ein Wolf angeschossen worden«, erzählte Franzi. »Er sollte hier in der Wolfauffangstation gepflegt werden. Wissen Sie zufällig, wie es ihm geht?«

»Wenn du den Wolf mit dem verletzten Hinterlauf meinst, dem geht es schon viel besser.« Der Tierpfleger lächelte.

»Wird er überleben?«, erkundigte sich Kim.

»Ganz bestimmt. Sein Bein ist bald ausgeheilt. Ihr könnt ihn aber leider nicht sehen, weil er in einem anderen Gehege untergebracht ist als unsere Wölfe. Schließlich soll er sich nicht an Menschen gewöhnen. Wahrscheinlich können wir ihn bald wieder auswildern.«

»Toll!« Franzi war erleichtert. Die gute Nachricht versüßte ihr endgültig den Tag.

»Lust auf eine Himbeerlimo?«, fragte Blake. »Das ist doch ein Grund zum Anstoßen, oder?«

»Auf jeden Fall!« Franzi nickte. Kim und Marie waren ebenfalls durstig und die Jungs zogen noch einmal los, um etwas zu trinken zu holen.

»Ist das nicht Herr Wigald?« Kim sah zu einem Mann, der sich gerade mit dem Leiter des Wolfsparks und einigen anderen Männern unterhielt.

»Stimmt!« Franzi runzelte die Stirn. »Was macht der denn hier?«

»Das ist die Abordnung vom örtlichen Schafzucht- und Nutztierverein«, mischte sich der Tierpfleger ein. »Unser Chef hat die Schäfer und Nutztierhalter zu einem Informationstag und einer Gesprächsrunde in den Wolfspark eingeladen. Es sollen Vorbehalte abgebaut und Lösungen für das Leben mit den Wölfen gefunden werden.«

»Eine tolle Idee!«, fand Kim.

Franzi nickte. »Wer gut informiert ist, hat weniger Vorurteile.«

»Übrigens gab es im Waldkindergarten auch einen Informationsabend über Wölfe«, erzählte Marie. »Herr Bode hat den Eltern erzählt, wie Wölfe leben und welche Gefahren von ihnen ausgehen.«

»Und wie haben die Eltern reagiert?«, fragte Kim.

»Ganz gut«, antwortete Marie. »Demnächst soll ein Zaun um das Gelände gezogen werden, das hat die meisten Eltern beruhigt. Zum Glück wird der Kindergarten nicht geschlossen, Finn kann also weiterhin im Wald herumtoben.«

»Wie läuft es eigentlich mit Oma Agnes?«, erkundigte sich Franzi. »Ist sie immer noch bei euch?«

Marie seufzte. »Allerdings. Und wie es aussieht, wird sie auch so schnell nicht abreisen.«

»Wieso nicht?«, fragte Kim.

»Stellt euch vor, Tessa hat das Geheimnis ihrer Mutter gelüftet: Oma Agnes hat eine Ehekrise!«

»Was?« Franzi schüttelte ungläubig den Kopf. »In ihrem Alter?«

»Das hat doch nichts mit dem Alter zu tun«, erwiderte Kim.

»Nein, es hat eher etwas mit Oma Agnes' Ernährungstick und ihrem Kontrollwahn zu tun.« Marie verdrehte die Augen. »Sie hat sich total mit Opa Herbert gestritten, weil sie sein geheimes Süßigkeitenlager in der Garage entdeckt hat.«

»Er hat ein geheimes Süßigkeitenlager?« Kim grinste. »Wie sympathisch!«

»Für Oma Agnes war es der absolute Vertrauensbruch. Anscheinend ist die richtige Ernährung schon länger ein Reizthema zwischen den beiden. Oma Agnes steht auf Rohkost, Algen und vegetarische Gerichte, wie ihr wisst, während ihr Mann gerne Bratwurst, Pommes, Schokolade und Kuchen futtert. Jedenfalls hat sie ihre Koffer gepackt und ist wutentbrannt abgereist. Vorher hat sie aber noch Opa Herberts Süßigkeiten in den Müll geworfen.«

»Was für eine Verschwendung …«, murmelte Kim.

»Uns gegenüber hat sie den wahren Grund ihres Besuchs mit keinem Wort erwähnt«, erzählte Marie weiter. »Ich schätze, es war ihr unangenehm. Aber vor ein paar Tagen hat Tessa mit ihrem Vater telefoniert und er hat ihr alles erzählt.«

»Dann hat sich Oma Agnes im Dezember am Telefon sicher auch schon mit ihrem Mann gestritten«, kombinierte Kim. »Wir waren also auf der richtigen Spur!«

»Und jetzt?«, fragte Franzi.

»Jetzt bleibt Oma Agnes so lange bei uns, bis sie und Opa Herbert sich wieder vertragen haben.« Marie zog eine Grimasse. »Bei ihrem Dickkopf dauert das wahrscheinlich eine halbe Ewigkeit.«

»Nicht unbedingt«, sagte Franzi.

»Wie meinst du das?«, wollte Marie wissen.

Franzi grinste. »Na ja, wir könnten doch ein bisschen nachhelfen …«

In diesem Moment kamen Holger und Blake mit den Getränken zurück.

»Himbeerlimo für alle!« Blake verteilte die Flaschen. »Auf uns!«

»Auf diesen wunderschönen Tag«, sagte Holger und legte den Arm um Marie.

»Auf unseren gelösten Fall«, fügte Kim hinzu.

»Auf die Liebe!« Marie lehnte den Kopf an Holgers Schulter.

»Auf den Frühling«, sagte Franzi. »Und auf die Rückkehr der Wölfe!«

Sie trank einen großen Schluck Himbeerbrause. In ihrem Bauch kribbelte es. Blakes Hand griff nach ihrer und Franzi lächelte glücklich. Sie freute sich auf den Frühling. Ausritte auf Tinka, Skaten mit Blake und ganz viel gemeinsame Zeit mit Kim und Marie.

Und wie sie sich freute!

Die drei !!! Clevere Girls knacken jeden Fall!

Die drei !!! Gefahr im Netz

- ☐ Die Handy-Falle
- ☐ Betrug beim Casting
- ☐ Gefährlicher Chat
- ☐ Gefahr im Fitness-Studio[e]
- ☐ Tatort Paris[e]
- ☐ Skandal auf Sendung[e]
- ☐ Skaterfieber[e]
- ☐ Vorsicht, Strandhaie![e]
- ☐ Im Bann des Tarots[e]
- ☐ Tanz der Hexen[e]
- ☐ Kuss-Alarm[e]
- ☐ Popstar in Not[e]
- ☐ Gefahr im Reitstall
- ☐ Spuk am See[e]
- ☐ Duell der Topmodels
- ☐ Total verknallt![e]
- ☐ Gefährliche Fracht[e]
- ☐ VIP-Alarm[e]
- ☐ Teuflisches Handy
- ☐ Beutejagd am Geistersee[e]

- ☐ Skandal auf der Rennbahn[e]
- ☐ Jagd im Untergrund[e]
- ☐ Undercover im Netz[e]
- ☐ Fußballstar in Gefahr
- ☐ Herzklopfen![e]
- ☐ Tatort Filmset
- ☐ Vampire in der Nacht[e]
- ☐ Achtung, Promihochzeit![e]
- ☐ Panik im Freizeitpark[e]
- ☐ Falsches Spiel im Internat
- ☐ Betrug in den Charts[e]
- ☐ Party des Grauens[e]
- ☐ Küsse im Schnee[e]
- ☐ Brandgefährlich![e]
- ☐ Diebe in der Lagune
- ☐ SOS per GPS
- ☐ Mission Pferdeshow
- ☐ Stylist in Gefahr
- ☐ Verliebte Weihnachten
- ☐ Achtung, Spionage!
- ☐ Im Bann des Flamenco
- ☐ Geheimnis der alten Villa
- ☐ Nixensommer
- ☐ Skandal im Café Lomo!

- ☐ Tatort Geisterhaus
- ☐ Filmstar in Gefahr
- ☐ Unter Verdacht
- ☐ Die Maske der Königin
- ☐ Skandal auf dem Laufsteg
- ☐ Freundinnen in Gefahr
- ☐ Krimi-Dinner
- ☐ Das rote Phantom
- ☐ Hochzeitsfieber!
- ☐ Klappe und Action!
- ☐ Wildpferd in Gefahr
- ☐ Geheimnis im Düstermoor
- ☐ Tatort Kreuzfahrt
- ☐ Gorilla in Not
- ☐ Das geheime Parfüm
- ☐ Liebes-Chaos!
- ☐ Der Fall Dornröschen
- ☐ Spuk am Himmel
- ☐ Flammen in der Nacht
- ☐ Der Graffiti-Code
- ☐ Heuler in Not
- ☐ Tanz der Herzen
- ☐ Tatort Geisterbahn
- ☐ Gefahr im Netz
- ☐ Nacht der Wölfe

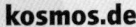 **kosmos.de** Alle Bücher auch als E-Book erhältlich   [e] nur als E-Book erhältlich